福澤徹三
Tetsuzo Fukuzawa

怖い話《こわいはなし》

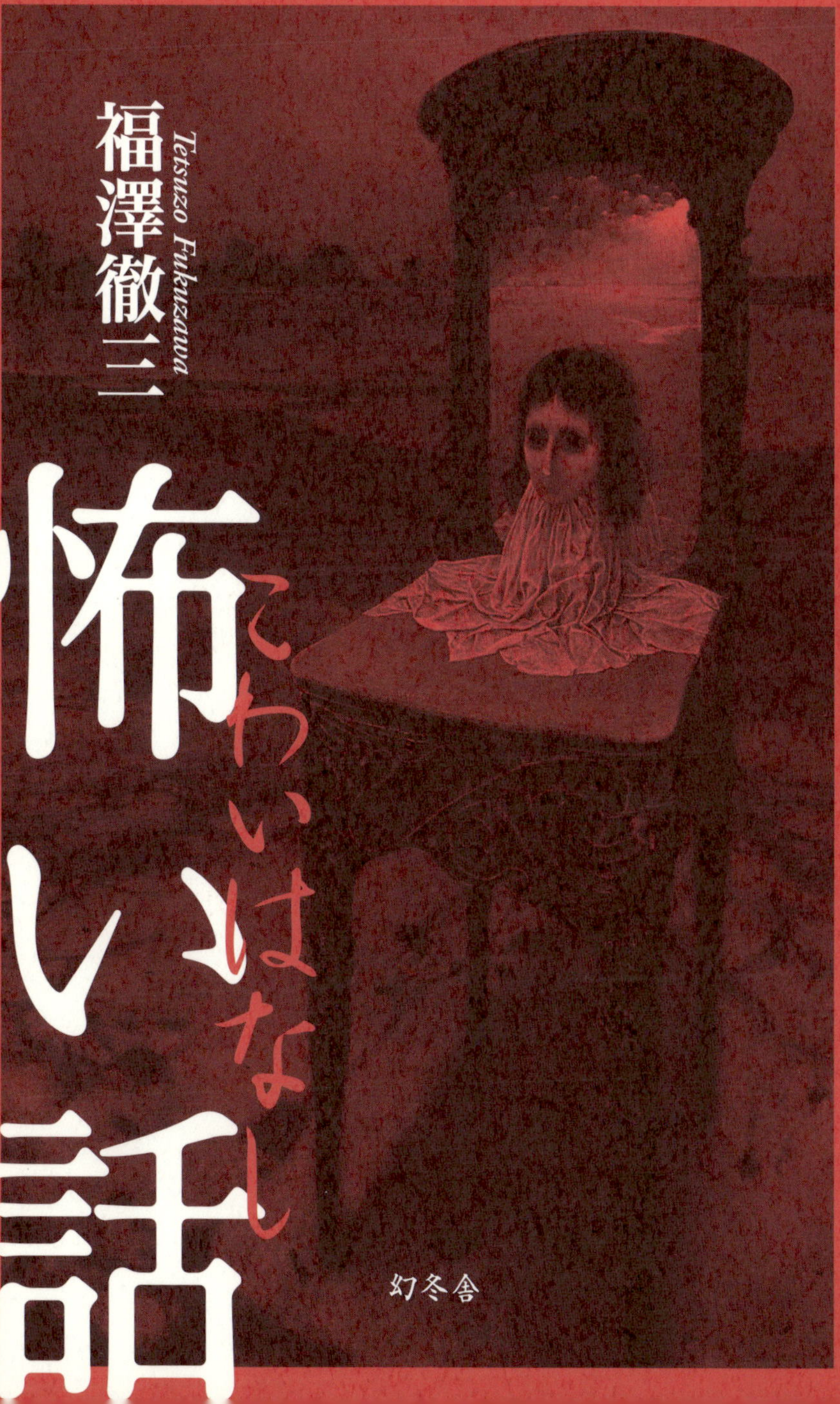

幻冬舎

怖い話

ブックデザイン　松 昭教 デザイン事務所
カバーイラストレーション　ズジスワフ・ベクシンスキー

目次

怖い食べもの

ひと口に怖い食べものといっても、いろいろある。

見た目や素材が怖いもの、味や匂いが怖いもの、食べたあとの体調が怖いもの、さらにそれらを兼ねそなえたものもある。

個人的に怖いのは、スクガラスである。

スクガラスは沖縄名産で、アイゴという魚の稚魚を塩漬けにして発酵させたものである。わたしが食べたのは瓶詰で、グッピーくらいの小魚がガラス瓶にびっしり詰まっていた。

見た目もかなり不気味だが、その味たるや筆舌につくしがたい。

日なたに何日か放っておいたフナを銀紙に包んで齧《かじ》ったら、あんな味になるのではないかと思う。ただし、それが旨《うま》くてしょうがないという人物がわたしの周囲にいることも、スクガラスの名誉のために書いておく。

フナで思いだしたが、二十二、三歳の頃に、はじめて鮒寿司《ふなずし》を食べたときは、あまりのまずさに仰天した。というのも、わたしに鮒寿司を提供してくれた人物は、正式な食べかたを知らなかったのである。

その人物は居酒屋を経営するYさんという男性であったが、滋賀に住む知人からもらったという鮒寿司を、ふつうの握り鮨のごとき大きさに切り、醤油の小皿と一緒に、わたしの前に置いた。フナの身だけでなく、漬けこんだ米も一緒である。

「おまえ、鮒寿司喰うたことないやろ。いっぺん喰うてみい」

押し寿司の一種かと思いつつ、その大きな塊をぱくりとやった。次の瞬間、半年前の刺身定食にカビを振りかけたような味が口のなかに広がった。

眼を白黒するわたしを見て、Yさんは腹を抱えて笑い、

「どや、まずかろうが。こんなもんが旨いなんて、滋賀の連中はどうかしとるで」

後年、薄切りにして酒肴にすると知ってから一転して好物になったが、それまでは怖い食べもののひとつだった。

スクガラスと鮒寿司は、どちらも魚を発酵させたものだが、発酵食品には極端に好悪が分かれそうなものが多い。

その臭さでドリアンやクサヤをはるかに凌駕《りょうが》するスウェーデンのシュールストレミン

■スクガラス

グは、ニシンを缶詰のなかで発酵させたものだし、アンモニア臭で卒倒しかねない韓国のホンオ・フェも、エイを発酵させて作る。交通機関への持込みが禁じられているというウォッシュチーズのたぐいや、中国の腐乳、臭豆腐も同様に発酵食品である。

臭さではシュールストレミングやホンオ・フェに劣るようだが、イヌイットのキビャックも強烈な食べものである。

まず海ツバメをたくさん捕まえてきて、アザラシの腹に羽がついたまま詰める。しかるのちに、それを長い時間をかけて発酵させる。

どのようにして食べるかというと、海ツバメの肛門に口をつけて、どろどろに溶けた内臓をちゅうちゅう吸いだすのである。イヌイットたちがこれを食べるところを、以前テレビで観たが、みな嬉々とした表情だったのをおぼえている。

どろどろの鳥といえば、ベトナムのホビロンやフィリピンのバロットが浮かんでくる。これらは発酵食品ではなく、孵化《ふか》しかけたアヒルの卵を食べる。すでに鳥の形で、目玉や羽がついているから外見はグロテスクだが、慣れれば旨いという。

似たようなものでは、豚の胎児を子宮や羊水ごと生で食べる韓国のセキフェがある。開高健さんの著作でこれを知ったが、最近はあまり作られていないらしい。

おなじく胎児系では、中国のネズミ料理というのがある。

作りかたは、まず妊娠した雌ネズミの腹を裂き、生きたまま胎児を取りだす。それを

■シュールストレミング

何日かのあいだ蜂蜜《はちみつ》だけで飼い、全身に蜜がまわったところを生きたまま食べる。噛《か》めばチュウと鳴くそうで、それが醍醐味《だいごみ》らしいが、これもいまは作られていないだろう。

中国料理だと、アヒルの水かき焼と蚊の目玉のスープも興味深い。

アヒルの水かき焼は、焼けた鉄板の上に生きたアヒルを乗せて、逃げられないよう上から籠《かご》をかぶせる。アヒルは鳴きわめき、籠のなかで跳びはねるが、そのうち水かきが焼けて、ぱんぱんに膨れあがる。その水かきを切りとって食べると、このうえもなく美味らしい。

蚊の目玉のスープは、昔から名前だけは耳にしていたが、どうやって蚊の目玉を集めるのかは不明だった。細かい手間を惜しまぬお国柄だけに、蚊を捕まえては一匹ずつ目玉を採取するのかと思いきや、蚊の目玉はコウモリの糞《ふん》から集めるという。

コウモリに食べられた蚊は、軀《からだ》こそ消化されてしまうが、目玉は硬いせいで糞のなかに残っている。その糞を裏ごしすれば、蚊の目玉だけが手に入るという寸法である。

わたしはこれをテレビ番組で知ったが、食の専門家で名高い小泉武夫さんの『奇食珍食』（中公文庫）によれば、蚊の目玉スープは作り話で、実際はエビの目玉らしい。

けれどもネットで調べてみると、実在するという説もあったりして真偽は不明である。

いままであげたのは、どれも変わった食べものというべきで、怖いというのは、いくぶん失礼な気もする。いかに臭いが烈《はげ》しかろうと、見た目が醜怪だろうと、ほとんど天然素材である。遺伝子操作もないし、妙な添加物も入っていない。その点では近頃の食品より安全かもしれない。

ほんの二十年ほど前まで、地元の焼鳥屋のメニューには、ふつうにスズメの丸焼きがあった。店によってはカエルもあった。

どちらも美味だったが、いま皿に盛ってだせば、腰を抜かす婦女子もいるだろう。食の好みはひとそれぞれだから、ところ変われば品変わるというだけである。

たとえば、これから記す食べものも、わたしが怖いと感じただけで、ひとによっては食欲をそそられるのかもしれない。

その食べものというのは、猿である。

と、ここから急に怪談ふうの語り口になるが、猿を食べたのは、Kさんという知人の男性である。Kさんの両親はつまびらかにできないが、大変な素封家だった。どのくらいの素封家かというと、大学の入学祝いがフェラーリという程度の素封家である。

地元の酔っぱらいがいうのなら一笑に付すが、そのような出自のひとの話だから、がぜん真実味を帯びてくる。

Kさんが猿を食べたのは高校生のときだった。なにかの祝い事があった夜、

「よし、今晩はひさしぶりに猿を喰いにいこう」

と父親がいいだした。

「おまえははじめてだろうから、この機会にぜひ食べておけ」

ともいわれたが、猿を喰うなど聞いたことがない。Kさんは気乗りがしなかったものの、父親の機嫌を損ねるのもためらわれて、母親と一緒にあとをついていった。

父親に連れていかれたのは、一般の店ではなく広壮な屋敷だった。

うやうやしく広間に通されると、先にきていた親族がすでに円卓を囲んでいる。

円卓の中央は、まるくくりぬかれており、そこから一匹の猿が顔をだしていた。猿の首から下は、身動きできないように木の椅子に固定されている。

猿の種類はさだかでないが、ちいさい猿だったというから、ニホンザルかもしれない。

猿は眼を見開いて、きいきい叫んでいる。しかし親族たちは、まったく気にとめる様子もなく談笑している。

Kさんと両親が席につくと、豪華な前菜と酒が運ばれてきた。それをひとしきりたいらげた頃に、中国人らしい料理人がやってきた。

料理人はなぜか菜箸を取りだして、ちょんちょんと猿の眼を突いた。

とたんに猿は、聞くに堪えない悲鳴をあげた。

Kさんはおびえて、どうしてあんなことをするのかと訊《き》いた。

すると父親は、眼を突くと猿が興奮して、頭に血がのぼるからだといった。猿は脳に血が充満するほど旨くなるらしく、料理人はなおも猿の眼を菜箸で突き続ける。

やがて耳を覆いたくなるような叫びが頂点に達したとき、料理人は植木バサミのような器具を猿の頭にはめた。

料理人が器具を持った両腕に力をこめると、バチンと音がした。

次の瞬間、お椀の蓋《ふた》でも取るように頭蓋骨がはずれ、ぬらぬらとした脳がむきだしになった。続いて円卓の中央に布がかけられた。布のまんなかには穴が開いていて、猿の脳だけが露出する仕組みになっている。

料理人は醬油のようなタレを脳にかけると、煮崩れた豆腐のような断片を匙《さじ》ですくって、めいめいの皿に取りわけた。

Kさんは勧められるままにひと口食べたが、怖いやら気持悪いやらで、味どころではなかった。しかし周囲の大人たちは、みな旨そうに食べている。そのあと猿を使った鍋らしきものもでたが、胸が悪くなって、まったく箸をつけられなかった。

Kさんが猿を食べたのは、それが最初で最後である。

しかし両親は、その後もときおり食べていたようだという。

残酷な話であるが、牛でも豚でも脳は旨いから、恐らく猿のも旨いだろう。ちなみに牛だか豚だかの脳を食べたときは、フグの白子に似た味がした。焼肉屋やホルモン屋ではブレンズという名称だが、牛のほうはＢＳＥの影響で現在食べられるかどうかわからない。

いささか蛇足めくけれど、かなり怖い話を最後に書く。

これは以前、本で読んだのだが、どなたの著書だったか忘れてしまったうえに詳細もおぼろである。出典をご存じの方はご教示願いたい。


真夏の白昼、ひとりの男が歩いていた。

灼《や》けつくような陽射しに、道はからからに干涸《ひから》びている。

ふと男は咳《せ》きこんで、かあッ、と痰《たん》を吐いた。

すると道ばたに坐っていた、みすぼらしい風体の男が駆け寄ってきた。

男はその潰《つぶ》れたマスカットのような塊をつまんで、ひょいと口に入れた。

そのくらい喉が渇いていたという話である。

怖い会社

もの書きという因果な商売のせいで、盆だの正月だのゴールデンウイークだの、大型連休とは縁がない。そういう時期は気持を波立てないよう、なるべく周囲から眼をそむけて、狂躁《きょうそう》がすぎるのを待っている。

唯一の楽しみは休み明けで、ぐったりした顔で通勤するひとびとを見ると、わずかに溜飲《りゅういん》がさがる。テレビの街頭インタビューなどで、

「もう会社に席がないんじゃないかと不安です」

と答えるサラリーマンがいるが、彼らの憂鬱《ゆううつ》そうな表情を見ると、思わず頬がゆるむ。

とはいえ嘲笑《ちょうしょう》しているわけではなく、多分に同情を含んだ笑いである。わたしも勤め人生活が長かったから、休み明けの暗澹《あんたん》とした気分は厭《いや》というほど味わっている。

なにがそんなに厭かというと、会社へいくのが厭なのである。

通勤の満員電車は誰しも厭だし、仕事そのものが厭だったり、上司や同僚、あるいは

部下が厭だったりもする。総じて会社というのは厭なものだろうが、なかには厭を通り越して、怖い会社もある。

いま手元の新聞を広げると、求人情報を載せたフリーペーパーがはさまっていたが、未経験者でも月収五十万円以上とか、入社祝い金支給とか、うさん臭い会社のオンパレードである。なかには「面接者全員に宝くじプレゼント」といった冗談としか思えないものもある。当たれば辞めろとでもいうのだろうか。

しかし、こういうのは客観的に異常とわかるぶん良心的なので、一見まともに思える会社のほうが怖いのである。たとえば管理職がいつも時代小説――それも戦国武将ものなど読んでいる会社は不気味である。むろん読んでいるだけなら問題はないけれど、往々にして彼らは自分を歴史の登場人物になぞらえたりする。

「おれが家康なら、さしずめ社長は秀吉だ」

というようなことを実際に口走る人物を見たことがある。

彼が家康なら、わたしはさしずめ足軽か雑兵《ぞうひょう》だったが、そのときは呑んでいた酒を鼻から吹いた。たかが銭もうけの小商いに汲々《きゅうきゅう》としている身で、みずからを戦国武将に比肩する感覚が恐ろしい。単に稚気からでた台詞《せりふ》と解釈できなくもないが、わたしが見た人物はあきらかに本気だったから、いま頃は鎧兜《よろいかぶと》でも着ているのかもしれない。

わたしがはじめて就職したのは十八歳のときで、さる大手教材メーカーの商品をあつかう会社だった。

　百科事典の訪問販売がおもな業務だったが、この会社の信条は「殴ってでも売る」ことにあった。殴る対象は社の内外を問わない。売上げが悪い社員は上司や社長から殴られるが、客も殴る。わたしの上司だったF課長は、会社きってのトップセールスマンで、すなわち「もっとも殴る」男だった。

　ある家の玄関先で、F課長が奥さんと喋《しゃべ》っていたら、

「しつこいぞ。もう帰らんかッ」

　亭主の罵声《ばせい》がして、奥から灰皿が飛んできた。

　F課長はいきなり土足で家にあがっていくと、亭主を殴り倒して、そのまま営業を続けた。

　どんな営業マンも絶対に足を踏み入れないという地域にも、F課長は平気ででかけていった。その地域で訪れたある家では、平日にもかかわらず、昼間から中年の亭主が寝転んでテレビを観ていた。

　F課長は奥さんと話していたのだが、そのうち亭主は無職で、生活保護を受けていると知った。とたんにF課長は家にあがりこんで、一喝した。

「いいおっさんが仕事もしないで、恥ずかしくないのか」

まさによけいなお世話で、亭主はいきりたったが、即座に殴り倒されて沈黙した。

「貴様がそんなにだらしないのも、ちゃんと勉強をしなかったからだ。子どもにはせめて百科事典のひとつも買ってやれ」

よくわからない理屈で百科事典を売りつけた。

さながらセールス業界の奥崎謙三である。

またあるとき、F課長と一緒に営業へいくと、ふと一軒の家の玄関先で足を止めて、ここで待っていろという。

F課長が家に入ってまもなく、彼のすさまじい怒声が聞こえてきた。

ときおり、その家の奥さんらしい金切り声もする。

聞くに堪えない罵声の応酬に、いたたまれなくなって、門の外にでた。やがてF課長がさっぱりした表情で玄関からでてきて、

「ちゃんと聞いてたか」

わけのわからぬままに首を横に振ると、F課長は急に怒りだして、

「せっかく手本を見せてやったのに、なぜ聞いてない」

ひとしきり頭をこづかれた。あとでどういう意図かを訊くと、

「飛びこみ営業はストレスが溜《た》まる仕事だ。調子が悪いときは、さっきのように、わざと喧嘩《けんか》をすれば気分がすっきりする。よくおぼえとけ」

そんな人物が手本になる会社だから、クーリングオフは当然のように受けつけない。
会社までクレームをいいにきて、反対にもうひとつ商品を買わされた客もいる。
社員としてはそれなりにおもしろかったが、客からすれば怖い会社にちがいない。

十九歳の頃に勤めた水商売の会社も変だった。
面接にいった日に採用されて、きょうから働けという。
どうせひまだったから了解したが、
「きみは、いま五万円持っとるかね」
と社長が唐突に訊く。
そんな金があったら面接なんかにこないと思いつつ、持っていないと答えた。
すると社長は舌打ちをして、
「あそこで黒服を買ってもらおうと思ったんやがな」
と会社のむかいにある洋服屋を指さした。
その日、わたしが命じられたのは、クラブのボーイだった。
夕方から夜の一時まで休憩もなく働いて、ようやく仕事が終わったと思ったとたん、
おなじビルにあるスナックを手伝えといわれた。
しぶしぶそのスナックにいくと、まだ名前も告げぬうちから、

「ねえチーフ、カラオケ入れて」

「早く誰それさんのボトルだして」

ママやホステスたちが口々に叫ぶ。

その時点では水商売の経験がないどころか、店のトイレがどこにあるかも知らなかったが、やけになって客と一緒にどんちゃん騒ぎをして、それっきり出勤しなかった。


その後、本格的に水商売をはじめてからは、ツケを焦げつかせた客が倉庫に吊るされていたり、同僚がシンナー中毒の暴走族だったり、常連が指名手配犯だったりと、いろいろ妙なことがあった。しかし当時の水商売はアウトロー的な色あいが濃かったので、現場にいて、さほど怖い感じはしなかった。

怖いというか、確実に寿命が縮むと思ったのは、二十代のなかば頃からもぐりこんだ広告業界である。業界をご存じの方には常識であるが、とにかくこの商売は帰れない。

デザイナーとして最初に勤めたプロダクションの社長は、腕はよかったものの、こだわりがありすぎて、いつまで経っても仕事が終わらない。いったん完成した仕事も、アイデアがでてくるたびにやり直すので、やればやるほど作業が増える。

四十八時間ぶっとおしで働いて、そろそろ帰ろうかと腰を浮かすと、

「まだまだあッ」

サラリーマン金太郎のようなことをいう。

社長はデザインの質を向上させることが売上げにつながると信じていたわけで、それはまちがいではない。けれども質だけでは商売が維持できないのも事実である。

クライアントの多くが求めているのは、なにがしかのキックバックや接待であって、デザインの質を理解してくれるのはまれである。バブル崩壊とともに広告業界が斜陽になると、たちまち経営は破綻《はたん》した。


帰れない度合では、後年入社した某百貨店も負けず劣らずだった。

ここでも仕事は広告だったが、残業が月に平均二百時間を超えて、吐血した女子社員の親からクレームがきたりした。

業績の悪化にともなって残業手当は打ち切られ、残業はすべてサービス残業になったが、夜の十二時や一時に帰ろうものなら、ほとんど早退あつかいである。

わたしがいた店のトップである店長は会議が好きで、気がむけば一日でも二日でも、徹夜で会議をする。そのあいだは、ほとんど食事もとらず休憩もしない。

あるとき、部課長たちが疲弊しきった顔で、ぞろぞろと役員会議室からでてきた。顔見知りの課長にどうしたのかと訊くと、まる二日も会議を続けているという。

「いまから飯喰って、また会議だよ」

さながら「バターン死の行進」か「死のインパール作戦」を見送るような心地で、彼らの背中を見送ったが、まんざら冗談ではなく、人事部の壁には絶えず社員の訃報《ふほう》が貼られていた。それも、まだ三、四十代の若い社員が多い。しかし店長は首をかしげて、「社員が、なぜ休みたがるのかわからない」

と真顔でいったという。

彼の部下も似たようなもので、入社以来、元日しか休んだことがないとか、毎日二時間しか眠らないとか、仕事中毒の猛者《もさ》がそろっていた。

だいたいナントカ業界と名のつくところには、休まない自慢や寝ない自慢が多い。疲労すれば生産性が落ちるので、必然的に仕事が長びく。冷静に考えれば効率が悪いだけなのだが、無能な経営者ほど社員が会社にいるのを喜ぶ傾向にある。

この百貨店が倒産する直前、グループの総帥である会長から、人事部あてにFAXが送られてきた。そのFAXには、売上げが伸びないのは、屋上にある神社のあつかいが悪いせいなので、ちゃんとお供えをするように、と「正しい神社の祀《まつ》りかた」がこと細かに記してあったという。

個人的な話が長くなったが、転職が多いだけに、この手のエピソードをあげればきりがない。そのへんはべつの機会に書くとして、知人が体験した怖い会社をあげてみる。

だいぶ前の話だが、高校の同級生のYくんが、ある会社へ面接にいった。マンションの一室を改造したお粗末な事務所に入っていくと、

「きみのような男を待っていた」

赤ら顔の社長が、開口一番そういった。

社長はろくに履歴書も見ずに、きみが気にいったと繰りかえし、うちの年商は来年六百億になるから、きみも億万長者だという。

しかしそこであつかっていたのは、百円ショップで売っているような煙草の火を消す器具だけで、とてもそんな年商になるとは思えない。

Yくんが首をかしげていると、社長は肩を抱くように擦り寄ってきて、

「今夜は、きみの歓迎会だ」

ふたりで焼肉を食べにいこう、といった。

Yくんが即座に断ったのはいうまでもない。


知人のKさんというデザイナーが働いていた会社は、ある時期から経営が悪化して、給料が遅配になり、そのうち一円も支払われなくなった。

しかし零細企業だけに、誰かが辞めたとたんに会社は潰れる。会社が潰れてしまえば、それまでの給料を支払ってもらう見込みがなくなる。

したがってKさんたち社員は、無給のまま一年近く働いていた。そのあいだ生活をどうしていたのか知らないが、努力の甲斐《かい》あって、会社は倒産をまぬがれた。

しかし退職する段になっても、未払いの給料はもらえなかった。

周囲は労働基準局に訴えるよう勧めたが、Kさんはかぶりを振って、

「社長がかわいそうですから」

ここまで社員を妥協させる社長は一種の才人というべきだが、働いても金がもらえないのは、もっとも怖い会社かもしれない。


わたしは十年ほど専門学校で講師をしていたが、教え子たちも、しばしば怖い会社に遭遇している。

ある女の子が就職したデザイン事務所は、父親が社長で、その息子がデザイナー、母親が事務員という完璧なまでの同族会社だった。それはいいとしても、家族はみな超の字がつく潔癖性で、社内に塵ひとつ落ちていても大騒ぎをする。

まもなく女の子はその会社を辞めたが、

「タオル掛けにタオルをかけたら、定位置より何ミリかずれてるって――」

それで叱《しか》られたのが直接の原因だったらしい。

またある女の子が就職したのは、社長の愛人が専務という、これも中小企業にありが

ちな、情実人事を地でいく会社だった。

この会社には「社員どうしが、無断で社外で逢ってはならない」という変わった社則がある。たとえば同僚と仕事帰りに一杯やるには、社長や専務にお伺いをたてないといけないのである。ここに入った子もすぐに辞めたが、この程度の会社ならごまんとある。

面接の採否を占いで決める会社もあるし、女子社員がことごとく社長の愛人という会社もある。何年か前に倒産した某大手企業は、入社と同時に、ある宗教への入信を強要されたと聞く。

マイケル・ムーアやMIT教授のノーム・チョムスキーなどが参加したドキュメンタリー映画「ザ・コーポレーション」によれば、現代企業をひとりの人間ととらえて精神分析をすると、次のような結果になるという。

「他人への思いやりがない」「人間関係を維持できない」「他人への配慮に無関心」「利益のために嘘をつき続ける」「罪の意識がない」「社会規範や法に従えない」

以上の結果を踏まえた分析結果は、サイコパス（人格障害）である。

怖い虫

ホラーや怪談のほかにアウトロー小説など書いている身で、意外に思われるかもしれないが、小学校低学年の頃は「虫博士」と呼ばれていた。

誰かに虫の名を訊かれると、

「これはヨツボシケシキスイ」

「それはヒメマルカツオブシムシ」

「あれはアオバアリガタハネカクシ」

ぴたり即座に答える。

そのへんからつけられた渾名《あだな》だが、子ども相手にハカセと呼ぶのは、外国人ホステスが「シャチョウ」というがごとき含みがある。虫の名前こそ詳しいものの、わたしの成績は最低だったから、からかわれているようで不快だった。

いま思えば、どうして虫に執着していたのかわからない。恐らくは劣等生としての疎外感も関係していたのだろう。わたしはいつも草むらや木々ばかり見て歩き、彼らを観察したり愛玩《あいがん》したり殺したりした。

そうした日々のなかで何度か怖い思いをしたが、いちばん印象に残っているのはカマキリである。このときのことは過去に小説の挿話として書いた。読者は虚構だと思われたかもしれないが、まったくの実話である。

夏の午後、例によって草むらを散策していて、わたしは大きな雌のカマキリを捕まえた。捕まえたというだけで、特にどうするつもりもない。ならば逃がしてやったらいいものを、当時のわたしは残酷だった。

なんの気なしにカマキリの首をひきちぎった。

しかしカマキリというのは生命力が強くて、容易には死なない。首がなくなっても、まだゆらゆらと軀を動かしている。それを草むらに放りだして、友だちの家へ遊びにいった。

夕方になって、友だちと別れて家路についた。途中で昼間の草むらを通りかかったとき、あのカマキリがどうなったかを見たくなった。

いくら生命力が強いといっても、とっくに死んでいるはずで、蟻にでもたかられているだろう。それを確認しようと、草むらに足を踏み入れた。

ところがカマキリは生きていた。

それどころか、雄のカマキリと交尾をしていたのである。信じられない光景にぞっとして、逃げるようにわが家へ帰った。

そんな体験のせいではないが、小学校の高学年になると、しだいに虫への関心が薄れてきた。といって学業に精をだすわけでもなく、成績は最低のまま横這《よこば》いを続けていた。

そのあたりから、怖い虫が増えてきた。

かつては蜘蛛《くも》であろうが毛虫であろうが素手で捕まえていたが、そんな芸当ができなくなった。正常になったというべきかもしれないが、つまらない大人に近づいたともいえる。

最初に怖くなったのは、ダンゴムシである（正確には昆虫ではないが、一般にいうムシのたぐいは、ひとくくりにする）。あれは軀をまるめているぶんには愛嬌《あいきょう》があるが、裏がえして足がびっしり生えているのを見ると、背筋が冷たくなる。

なんとなく厭だなと思っていたところにとどめを刺したのが、母が作ったハンバーグの、つけあわせのグリーンピースだった。口に運びかけた豆のひとつが、ほかと微妙に色がちがう。妙に思って眼を凝らすと、放射状の皺《しわ》がある。

それは、まるまったまま調理されたダンゴムシであった。

いかなる理由で混入したかは不明だが、それが一種のトラウマで、ダンゴムシが苦手になった。

むろん、わたしに限らず、足が多い連中が得意だというひとはすくないだろう。ムカデやヤスデが怖いというのは、よく耳にする。わたしの場合、ムカデとヤスデは耐えられるが、海にいる「あれ」はめまいがする。

若い頃、海水浴にいったとき、海辺にちいさな洞窟《どうくつ》があった。なにげなく洞窟に入ると、岩壁が動いているような気がして、何度も眼をこすった。

けれども、特に怪しいところはない。さらに奥深くへ足を踏み入れたとき、ずずッ、と今度はあきらかに岩壁が動いた。

その洞窟は、壁一面がフナムシで覆われていたのである。

わたしは息を殺して、じわじわとあとずさりすると、一目散に逃げた。


フナムシは一見ダンゴムシに似ているが、まるくはならない。かわりに眼にもとまらぬ速度で走る。海辺で足裏にでももぐりこまれたら、飛びあがって転ぶのは確実である。

足の多い虫で、フナムシより怖いのがゲジゲジである。

いったい何本足があるのかわからないが、軀全体が足といってもいいような外見が、なんともいえずまがまがしい。

■フナムシ

小学校高学年の頃だったか、道路脇の側溝で、十センチ近いゲジゲジを見たときは、大仰でなく顔から血の気がひいた。子どもたちのあいだでは、ゲジゲジに頭に乗られたら「ハゲになる」といわれていたが、ハゲてもいいから頭には乗られたくない。

ゲジゲジもフナムシ同様、恐るべき速さで移動するが、それも怖さの一因だろう。

しかし家庭には、フナムシやゲジゲジにも劣らぬ速さの虫がいる。ひとつはいわずと知れたゴキブリだが、もうひとつは蜘蛛である。

夏の夜、ふと壁や天井に眼をやると、大人の掌ほどの蜘蛛がいて、肝を潰したことはないだろうか。

アシダカグモと呼ばれるこの蜘蛛は、巣を作らず、走ることに長《た》けている。

おもにゴキブリを捕食する益虫であるが、どちらが増えたほうがいいかというと、アシダカグモには悪いが、ゴキブリに軍配があがる。

小学生の頃、入浴中にこの蜘蛛が浴槽のなかに落ちてきて、心臓が縮みあがった。寿命だったのか、湯が熱かったからか、蜘蛛はすぐさま死んだ。

それはよかったが、浴槽からでようとしたら、湯の加減で蜘蛛の屍《し》骸《がい》がぷかぷかと近づいてくる。あわてて軀を沈めると、蜘蛛は遠ざかる。しかし軀を浮かすと、また近づいてくる。その繰りかえしで、浴槽からでられずに往生した。

朝見る蜘蛛は縁起がよくて、夜見る蜘蛛は不吉だという迷信があるが、アシダカグモ

■アシダカグモ

に限っては、いつ見たって怖い。もっともこの蜘蛛は、東北や北海道には生息しないそうだから、その地のひとに恐怖を伝えるのはむずかしい。ぜひ実物をお目にかけたいものである。

アシダカグモとちがって全国に生息している怖い虫といえば、蛾《が》が筆頭にくるだろう。特にヤママユとかクスサンといった大型の蛾は、見た目はもちろん、名前からしておぞましい。ヤママユといえば妖怪変化のようであるし、クスサンといえば「クスさん」という怪しげな人物を想像する。

あれは中学生の頃だったか、夜中に珍しく勉強していると、そのヤママユだかクスサンだかが灯を慕って飛びこんできた。照明を消して、なんとか追いだそうとしたが、どうしてもでていかない。やむなく殺虫剤をかけたのが大失敗で、蛾は狙いすましたようにノートの上に落ちた。

そのまま死んでくれればいいものを、断末魔のあがきか、目玉模様の翅《はね》をばたばたさせて、そこらじゅうを這いまわる。捕まえようにも、脂ぎってぽってりした胴体を見るだけで鳥肌が立つ。おかげでノートも教科書も茶色い鱗粉《りんぷん》まみれになって、勉強どころではなかった。

部屋には入ってこなかったが、はじめて見たとき戦慄《せんりつ》したのはオオミズアオである。

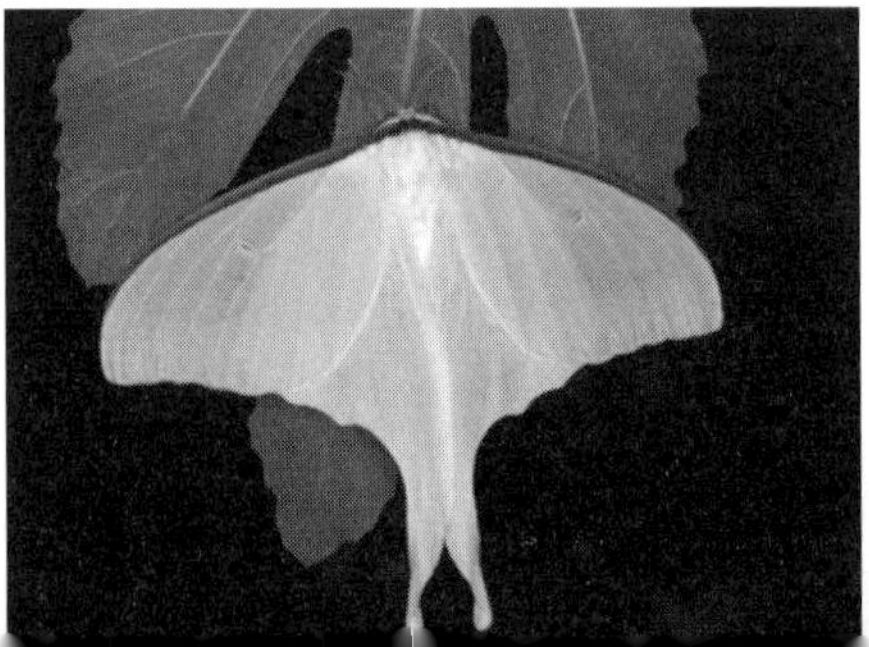

■オオミズアオ

この蛾は幽玄という言葉がぴったりくる。翅も軀も名前のとおり透明感のある水色で、下手な幽霊より怖い。こいつが肩にとまったりしたら、蛾が嫌いなひとは正気を失うにちがいない。嘘だと思ったら、ネットで検索するなり図鑑を見るなりしていただきたい。

とはいえ、この程度で怖がっていては、与那国島《よなぐにじま》には住めない。ここには世界最大の蛾であるヨナクニサンがいる。

ヤママユやクスサンは翅を広げたときの横幅が十センチ前後だが、この蛾は三十センチ近くある。まさに鳥なみの大きさで、かつて現地では繭を加工した小銭入れを土産物として売っていたというが、それを欲しいと思うひとは養蚕家の素質があると思う。

もっとも、これらの蛾は外見が毒々しいだけで、毒はない。毒があるのはドクガ、イラガ、ヒトリガ、マダラガ、カレハガといった種類である。ドクガ以外の成虫は無毒で、幼虫や蛹《さなぎ》にのみ毒がある。イラガやヒトリガの幼虫に触れると、感電したような激痛が走るという。

しかし毒を持つ昆虫で怖いのは、なんといっても蜂である。

わたしは蜂と相性が悪くて、過去に何度も刺されている。ミツバチに刺されるくらいなら、なんとか我慢できるが、アシナガバチになると、さすがに痛い。

小学生の頃、小川にかけられた細い丸木を、綱渡りよろしく渡っていたら、ゴム草履

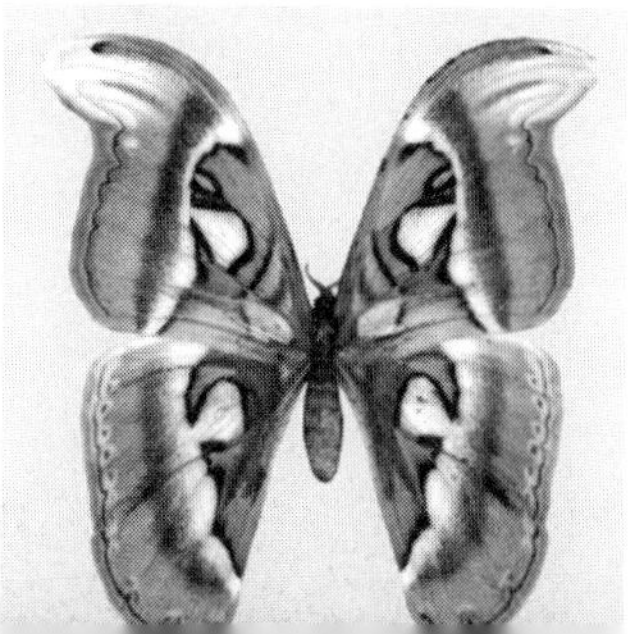

■ヨナクニサン

をつっかけた素足に、ひらりとアシナガバチがとまった。じっとしていれば刺さないだろうと、両手でバランスを取りつつ息を殺した。

ところが蜂はなにを思ったのか、足の甲をぶすりと刺した。鋭い痛みに逃げだしたくなったが、下手に動けば川に落ちる。

痛みをこらえて、じわじわと歩きだした。すると蜂は、またしても尻をからげて、べつの場所を刺した。一度しか刺せないミツバチとちがって、アシナガバチは何度でも刺せる。

ひとが動けないのをいいことに、それからも蜂はたて続けに針をふるった。まさに刺し放題という状況で、むこう岸についたときには、足の甲が餡《あん》パンのように腫《は》れあがっていた。

アシナガバチには、もうひとつ厭な記憶がある。

高校生の頃だと思うが、夏場に窓を開けたまま外出していて、部屋にもどってくると、天井に小ぶりのレンコンくらいの巣ができていた。

窓から無数の蜂が出入りして、せっせと工事に励んでいる。

ただちに窓を閉めると、ひとが住めないほど殺虫剤を噴霧して事なきを得たが、あれがスズメバチだったら、ただではすまなかっただろう。

スズメバチによる死者は毎年三十人前後で、動物による被害としては熊より多い。スズメバチは髪や服といった黒いものや、一部の香水に反応して襲ってくるというから、山登りや行楽の際は要注意である。

個人的にもっとも怖い虫は、蝿である。

なんだ蝿か、と笑うひともいるだろうが、あなどってはいけない。

北杜夫さんの『どくとるマンボウ昆虫記』によれば、セフェノミアという蝿の一種は、瞬間速度が時速千三百キロメートル、つまり音速を突破するという。

外を歩いていて、そんな蝿が顔にぶつかったらどうなるのかと不安になるが、ネットを見る限りでは否定的な意見が多い。といってマンボウ先生のミスではなく、学者の計測に問題があるようだ。

けれども蝿がずば抜けた飛翔力を持っているのはたしかで、ヘリコプターなみのホバリングや、戦闘機顔負けの方向転換もこなす。そうした敏捷《びんしょう》さを持ちながら、伝染病をはじめとする、さまざまな病原体を媒介するのだから始末が悪い。

なかでも深刻な被害をもたらすのはアフリカのツェツェバエで、眠り病の病原体であるトリパノソーマを媒介する。トリパノソーマが脳に侵入すると、中枢神経を冒され、最後には昏睡《こんすい》状態になって死ぬ。また中南米には、サシガメや南京虫によるアメリカ・トリパノソーマ症というのもあるらしい。

ツェツェバエも怖いが、イメージとしてその上をいくのは、モンゴルに生息するという、ある種の蠅である。

昔なにかの本で読んだところでは、この蠅は人間の眼に卵を産みつける。やがて孵化した蛆《うじ》は眼球を食べて成長し、蛹《さなぎ》になる。蛹からかえった成虫は、スカスカになった眼球を喰い破って、羽化していくという。

ネットで調べると、前記の症状は蠅蛆《ようそ》症とおぼしいが、わたしが本で読んだ話がこれにあたるかどうかは、はっきりしない。

ただ外務省の海外安全ホームページによれば、「2004年9月に首都ウランバートル郊外にて日本人がハエから一瞬のうちに目にウジを産み付けられるという事例が発生しました（原文ママ）」とある。

この蠅は学名をWohlfahrtia magnificaといい、眼だけではなく耳の穴にも蛆を産みつける。実にその数、百二十から百五十四だという。なぜ卵ではなく蛆かというと、イエバエの一種とおなじく卵胎生だからである。

いつだったか、知りあいの車に乗っていたとき、窓から蠅が飛びこんできた。手元にあった雑誌をまるめて叩き潰したら、ちりめんじゃこのような蛆が車内一面に飛び散って、阿鼻叫喚の騒ぎになった。

蠅の卵胎生を知ったのはそのときで、以来どんなにうるさくても蠅は潰さない。

とりとめもなく怖い虫について記してきたが、単に怖いから、あるいは害虫だからといって駆除すれば、生態系に影響をおよぼす。おなじ生きものとして、敬意を払いつつ怖がるのが好ましい関係であろう。

そもそも虫たちは、人智のおよばぬ世界を持っている。

たとえば擬態ひとつとっても、宇宙の深淵を覗《のぞ》くような神秘がある。

蜂そっくりの虻《あぶ》や蛾、花そっくりのカマキリ、木の枝そっくりのナナフシ、枯れ葉そっくりの蝶、蛇そっくりの芋虫。

例をあげればきりがないが、個体では思考能力などないはずの彼らに、なぜ「似る」という行為が可能なのか。それも複眼を通しての見えかたではなく、われわれ哺乳類から見て、なにかに似ているのである。

それは偶然の一致だとか突然変異だとかいわれても、素人の浅はかさで納得できない。なにかに似ようとするのは、似ることによる効用を理解していると思うからである。

そこに意識の存在を感じてしまうのは、わたしだけではないだろう。

怖い病院

このところ怪談ばかり書いていたせいか、一段と体調が悪い。

ただの創作なら平気なのだが、取材にもとづく実話というのは、いつもながら軀に変調をきたす。といって、お祓《はら》いなどする気はないし、むろん病院にもいかない。

そもそも体調が悪いのがふつうなので、怪談で上乗せされたぶんだけ治っても、たかが知れている。

「では、いっそのこと全部治したら」

と健全なひとはいう。

なるほど世は空前の健康ブームで「健康のためなら死んでもいい」「健康にあらざれば、ひとにあらず」といった風潮が蔓延《まんえん》している。わたしのように不摂生ひと筋で生きてきた人間にとっては、まことに肩身がせまい時代である。

ちなみにどのくらい不摂生かというと、一日に煙草は二箱、コーヒーは十杯以上、酒は家でこそあまり呑まないが、外だと一升近く呑む。もっとも、これは四十代後半になった最近の数字であって、三十代の頃は煙草は四箱、酒は常に明け方まで呑んでいた。

当時、アルコール依存度をはかる久里浜式スクリーニングテストを試してみると、かの中島らもさんの数値をはるかに超えて愕然《がくぜん》とした。

酒や煙草の依存に加えて重度の点鼻薬中毒もあり、食事は肉類中心で刺激物を好み、緑黄色野菜は食べない。諸般の事情で、ほとんど自分の歯がないから、ちゃんと咀嚼《そしゃく》もしない。

高血圧、高脂血症、高コレステロール、脂肪肝といわれたのが九年ほど前で、それが最後に受けた健康診断だった。

七年前に、血便と背中の痛みで検査を受けたときは、絶食絶飲で即入院といわれたが、翌日から上京する予定があったので断った。

それ以来、外科と歯科のほかに、病院へはいっていない。けれども、この程度の不摂生だと、わたしの地元では「こわっぱ」のあつかいなので、大きな声ではいえない。γGTPが500以下では、酒呑みとして認めてくれない店もある。

むろん病気が怖くないわけではない。むしろ、ひと一倍恐れている。なのに摂生しないのは、生来の自堕落というほかないが、病院へいかないのは、べつの問題である。

なぜならば、病気とおなじくらいに病院は怖い。

好んで健康診断を受けるようなひとにには笑止だろうが、わたしからすれば、信頼できるに足る病院を知っているのがうらやましい。

たび重なる医療事故の報道でもわかるとおり、病院があらたな病を生みだす場合もあるし、それが原因で死に至るのも珍しくない。

テレビの健康番組ふうにいえば、

「あそこの病院へいくと、大変なことになりますよ」

そんな「怖い病院」の話である。


はじめて病院に不審の念を抱いたのは、幼稚園の頃だった。

何人かの友だちと家の前で遊んでいたら、

「ほら、飛行船が飛びよる」

と、近所のおばさんが空を指さした。友だちは一様にうなずいたが、わたしは飛行船がどこにあるのか気づかなかった。とたんにおばさんは、鬼の首でもとったような勢いで、わたしの家へ駆けこむと、おたくのぼっちゃんは眼が悪い、と注進した。

わたしは単に飛行船の位置がわからなかっただけで、眼が悪いという意識はなかった。ところが、おばさんの話を真に受けた母親は、わたしを眼科に連れていった。

医師は仮性近視と診断し、即座に眼鏡をかけさせられた。

いったん眼鏡をかければ、それがない生活にはもどれない。たちまち本格的な近視になって、途中からは乱視もでてきた。

その後も眼科へいくたびに、近視が進行したといわれ、眼鏡のレンズはどんどん分厚くなった。あまりに眼鏡を買わされるので、医師と眼鏡屋が結託しているのではないか、と子どもながらに邪推したが、いまもおおむねおなじ考えである。

その証拠に、自分の金で眼鏡を買うようになってからは、まったくレンズの度をあげていないが、なんの不自由もない。

中学一年生の頃にも、病院に不信をつのらせることがあった。

幼い頃から眼鏡をかけていたせいか、鼻の通りが悪くなって、病院へいくと、鼻中隔《びちゅうかく》彎曲 症《わんきょくしょう》で手術が必要だという。鼻中隔彎曲症というのは、簡単にいえば、鼻孔のあいだの仕切りが曲がる病気である。

当時、鼻の手術といえば、上唇と歯茎のあいだを切開して、顔の皮膚をめくりあげるのが一般的だと聞かされて、身の毛がよだった。

思いあまって、ほかの病院に相談したら、手術は不要という診断である。どうしてこうも見解がちがうのかと思いつつ、後者の診断を信じて手術はしなかった。

けれども病状が改善したわけではなく、あいかわらず鼻の調子は悪い。不快さに耐えかねて市販の点鼻薬を使ってみると、青天の霹靂《へきれき》のごとく鼻がすっきりした。それに味をしめて、あっというまに中毒になった。

以来、三十年以上にわたって点鼻薬を使い続けているが、医師によって診断が異なるのを知って、病院不信はさらに高まった。

それをいよいよ決定づけたのは、歯科医である。


高校をでたあたりだったか、突然の歯痛に苦しんでいると、知人がある歯科医院を紹介してくれた。院長と助手が数人いるだけのちいさなところだったが、待合室や診察室もきれいで、腕がよさそうに思えた。

恰幅《かっぷく》のいい院長は、わたしの歯を見るなり、ははん、と鼻を鳴らした。

「シンナーかなんかやっとるやろ」

そういう知りあいはいたものの、シンナーやトルエンは匂いが嫌いなので、わたしはやらない。したがって首を横に振ったが、

「いや、まちがいない。おまえはシンナーをやっとる」

と強引に決めつけられたが、態度が横柄なわりに治療費をほとんどとらない。

毎回タダだといわれるうちに恐縮して、いくらかでも支払いたいと申しでたが、百円くらいしかとってくれない。

「このひとは、現代の赤ひげ先生や」

と深く尊敬の念を抱いたが、その頃から不摂生の塊のような生活をしていたので、歯が痛むときしか彼の医院へはいかなかった。

あるとき、かつてないほど烈しい歯痛に見舞われて、赤ひげ先生のもとを訪れた。彼の治療は、とにかく抜歯で、痛むという歯はなんでも抜くが、そのときは炎症がひどかったせいか、鎮痛薬と抗生物質をくれただけだった。

しかし薬を呑んだくらいでは痛みはおさまらない。ひと晩じゅう痛みにのたうちまわって、早朝からまた赤ひげ先生のところへいった。彼は困惑した顔つきだったが、やがて意を決したように、わたしに口を開けさせると、なにかを歯に押しこんだ。

とたんに万力で顎《あご》を押し潰されたような激痛が、脳天を突き抜けた。

悶絶《もんぜつ》して椅子に反りかえったわたしに、

「我慢せい。もうじきよくなる」

赤ひげ先生は、力強くうなずいた。

それを信じて病院をあとにしたが、待てど暮らせど痛みはひかない。それどころか、いよいよ痛みは増して、滝のように脂汗が流れる。赤ひげ先生には悪いと思ったが、とうとう我慢できずに、べつの歯科医院へ飛びこんだ。

そこの医師は、痛むという歯をひと目見るなり、助手たちを呼び集めた。

「なんやこれ」

助手たちは、わたしの歯を指さして首をかしげている。しばらく見世物になったあと、医師がわたしの歯から、なにかを取りのぞいた。

とたんに、あれほど烈しかった痛みが遠のいた。

医師は、口紅の蓋のような金具を手にして、

「これが歯にかぶさっとったけど、どこの病院へいったんや」

こんな治療は見たことがない、と聞いて、ぞくりとした。

それから何年か経って、赤ひげ先生は、脱税で何度もあげられている有名なヤブ医者だという噂を耳にした。ほとんど無料で診療する医師が脱税とは奇妙だが、ほかのところでごっそり請求していたのだろう。

もっとも、脱税しようとヤブだろうと、患者から金をとらなかったのは尊敬に値する。

しかし口紅の蓋の一件から、足が遠のいたのも事実である。

デザイナーとして働きはじめた頃にも、似たようなことがあった。

仕事中に腹痛がひどくなって、会社の近くの病院へいったら、白血球の数値が二万を超えているという。

「盲腸だから、ただちに手術をしたほうがいい」

と医師はいったが、そこは個人病院なので入院設備がない。この病院で手術を受けるように、と紹介状を渡された。

しかし紹介状にあったのは、地元では悪名高いヤブだった。

その病院の裏には、注射器やら点滴の管やら薬品やらが山のように捨ててある。病院内に一歩入ると、人相の悪い患者たちが、病室で花札を繰っている。

なぜそういうことを知っているかといえば、以前、近所に住んでいたからである。そんな病院へはいきたくなかったが、急を要するといわれては逆らえない。

けれども会社にもどって、入院しなければならなくなったというと、社長が厭な顔をした。そのとき働いていたのは、社員が三人しかいないプロダクションで、猛烈に忙しかった。

わたしとしても手術を避けたかったから、その日のうちに、やはり会社の近くにあった総合病院へいった。そこで事情を話すと、

「前に診てもらった病院の許可はとってありますか」

と担当の若い医師は妙なことを訊く。

そんなものはないと答えたら、医師は許可がないとだめだという。

信じられない対応に、痛みも忘れて怒り狂うと、さっきの病院へ電話して、

「こういう患者さんがきたんですが、どうしましょうか」

と愚痴めいた声で喋っている。

病人をさんざん待たせたあげく、許可がでたので診察する、と医師はいった。呆《あき》れつつも、ふたたび検査を受けたら、白血球の数値は八千だった。最初の検査より一万二千もすくない。

しかし医師の診断は、やはり盲腸で、手術が必要だといった。会社にもどって結果を報告すると、社長がますます厭な顔をして、

「健康管理も仕事のうちやぞ」

その夜、医療にくわしい知人に電話で相談した。知人によれば、小規模な個人病院に白血球の数値をはかるような設備はないという。

ならば最初の二万という数値はなんなのか。

ますます疑心暗鬼になっていると、明け方になって、腹痛が耐えられないほど烈しくなった。最後にいった総合病院は救急設備があるから、そこへいくしかない。

這うようにしてタクシーを拾い、どうにか病院へたどり着いたが、夜勤の医師は看護師たちとトランプに興じていた。

それからのことは、くだくだしいのと腹立たしいので省略するが、なかば力ずくでモルヒネかなにかの痛み止めを打たせ、そのまま自宅に帰った。

翌朝、今度は市立病院へいって検査を受けると、白血球は四千だった。白血球の数値

というのは、これほど短時間で変わるものかと訊くと、実直そうな医師は笑って、

「そういう哺乳類はいませんね」

さらに医師は、盲腸ではあるが手術は不要だといい、注射を打った。

それから数日の治療で盲腸は完治し、わたしは会社を休まずにすんだ。のみならず盲腸を切らずにすんだ。


こうした経験から病院不信に陥ったわけだが、わたしの地元にはもともとヤブが多い。いまはどうだか知らないが、なんの病気であろうと開腹手術をする病院だの、女性患者に麻酔をかけて暴行する病院だの、その筋のひとたちが「住んで」いる病院などがかつては実在した。

そういえば、乳癌《にゅうがん》の名医と呼ばれた医師が、膨大な数の誤診をしていたというニュースを観たことがある。その医師が勤める病院がある街は、乳癌の発生率（あるいは誤診率）が異様に高く、乳癌通りという地名まであったらしいが、あれはその後どうなったのか。

それほど極端ではなくても、たとえば透析のように、一度はじめたら生涯受けなければならない治療を頻発する病院も多い。

いうまでもなく、そうした治療は大きな利益を生むからだが、患者はたまったもので

はない。すこし前にも、治療期間を長びかせるために、わざと症状を悪化させるという美容整形外科が問題になっていたが、これなどはその典型であろう。

といって、病院ばかりを責めるわけにはいかない。

医療とてビジネスだし、医師もひとの子である。金が必要なときに手術か否かとなれば、前者をとるのは、拝金主義全盛の現代において、当然のなりゆきである。

患者に責任があるとまではいわないが、病院も一般企業と同様にとらえるべきで、盲信するのは危険である。需要を創造すること企業とおなじなのは、続々とメディアをにぎわせる新しい病を見ればわかる。

このところメタボリックシンドロームなる新製品、もとい疾患が話題になっている。わたしも診察を受ければ、すぐさまその患者になれるのだが、もっと売上げになる病気を抱えているので、出し惜しみをしている。

古今亭志ん生の小咄《こばなし》だったか、摂生して事故で死ぬひとと、不摂生しても生きるひとでは、事故で死ぬひとのほうが不摂生だというマクラがある。まさに至言で、いくら摂生しても病気になるときはなるし、死ぬときは死ぬ。

べつにみずからの不摂生を正当化しているわけではなく、そういう事例はいくつもある。身近な例をあげると、わたしの母は幼い頃に病気がちだったという理由で、成人してから健康の鬼になった。

朝は六時に起き、夜は十時に寝る。喫茶店を経営するかたわら、ヨガと社交ダンスの講師をしていて、食事は自然食しか食べない。酒、煙草、刺激物のたぐいはいっさいとらず、青汁のごときは、わたしが幼い頃から、自分で青菜をすり潰して呑んでいた。

医療事務の資格もあって、懇意の医師も大勢いた。健康診断は半年に一回受けていたが、吹き出物ひとつで病院へ駆けこんだ。還暦をすぎても脚が百八十度開くような女だったが、あるとき健康診断を受けると、いきなり腫瘍《しゅよう》マーカーがあがっていた。

精密検査の結果は膵臓《すいぞう》癌で、あっというまに逝ったが、まだ六十一歳だった。

母のように摂生してもだめなら、なにをやってもだめだと思った。

むしろ、まめに健康診断など受けるから、癌になったような気もした。オカルトめいた話だが、いかに苦悶しようと、病院へいくまでは、なんの病気かはわからない。

当然のことながら、医師が診断するから病名がつく。

つまり医師が診断するまでは、病気ではない。量子力学でいうところのシュレディンガーの猫で、観測した瞬間に病気か否かは決まる。

たとえばメスを入れるまでは、軀は癌とも正常ともつかない状態を漂っている。しかし問題の部分を切開したとたん、どちらかに確定するのではないか。馬鹿げた発想だが、そんなことを考えていると、ますます病院にいくのが怖い。

怖い隣人

「秋深き隣は何をする人ぞ」という芭蕉の句は、秋の夜長の風情が感じられるが、それは昔の話であって、いまの世の中、隣人が夜中になにをしているのかを想像するのは怖い。なぜ怖いかといえば、隣人がなにをしでかすかわからないからだ。

いまも原稿を書いていると、隣家の子どもたちが、わが家の壁にボールをぶつけて遊びはじめた。どすん、どすん、と鈍い響きが集中力を削《そ》ぐ。わが家の壁面を使ったボール遊びは、何年も前からのことで、ふだんはさほど気にならないが、不調のときは癇《かん》に障る。

子どもが頓着《とんちゃく》しないのは当然としても、なにゆえ親は注意しないのか。

隣家のことゆえ、うかつにクレームをつけて角をたてたくない。そう思って辛抱してきたものの、いつまで経ってもボール遊びは終わらないし、原稿もはかどらない。

怒りで脳味噌がたぎってくると、ひと思いに隣家へ飛びこんで、マサカリでも振りまわしたくなる。もっとも、わたしの場合、マサカリを振りまわすのは小説のなかだが、世間には、現実に隣家へ飛びこんでしまうひともすくなくない。

怖い隣人といえば、千葉の「騒音おばさん」が記憶に新しい。

この「騒音おばさん」は、隣に住む男性に対して「呪い殺すぞ」などと怒鳴り、ラジオを大音量で鳴らすといった厭がらせを続けて逮捕された。

しかし「騒音おばさん」は栃木にもいて、こちらは騒ぐのみならず、十五年間にわたって、隣人を中傷するビラを近所に貼っていたという。

ところが犯行当時は心神喪失の状態にあり、責任能力がないとして不起訴処分になった。つまり被害者はやられ損で、心中は察するにあまりあるが、隣人トラブルはあとを絶たない。

二〇〇二年には、栃木県で六十二歳の男が隣家の主婦を散弾銃で射殺、銃声を聞いて駆けつけた主婦の義妹にも発砲し、重傷を負わせた。男はみずからも散弾銃で命を絶った。

二〇〇三年には、高知県と岡山県で隣人を刺殺する事件が発生、京都では六十三歳の男に、むかいに住む男性が射殺されている。

二〇〇五年には島根県で、キャッチボールをしていた親子に、隣家に住む男が車で突っこみ、息子を助けようとした父親を包丁でメッタ刺しにして殺害した。

二〇〇六年には茨城県で、隣家の庭に自分の尿をまいていた六十三歳の女が逮捕された。さらに栃木県では、六十四歳の男が近所の住民への不満を理由に、集団登校中の児童の列へ車で突っこんだ。男は児童ふたりに重軽傷を負わせ、取り押さえようとした男性にナタで斬りつけた。

ただ近くに住んでいるというだけの関係が、なぜこうした事件に発展するのか。報道を見る限りでは、隣人トラブルの多くは、ささいな行きちがいをきっかけにしている。たとえば苦情を訴える側は、相手が意図的に厭がらせをしていると解釈し、訴えられた側は身におぼえのない難癖をつけられたと解釈する。

たがいに相手を非難するばかりでは、好ましい決着をみないのはあきらかだが、昨今は他人を畏怖《いふ》する風潮が強い。

幼児の段階から、他人を見たら変質者と思えという教育がなされている現状では、ちょっとしたトラブルで過剰反応が起きるのも無理はない。

多発する凶悪犯罪が、そうした状況を生みだしたのだが（厳密には過去と比較しないと、さだかでないが）、他者から拒絶されることで孤立した人物が犯罪に走る傾向もあるだろう。

つまり犯罪を防ごうとする環境が、あらたな犯罪者を生むという悪循環で、行き着く先は殺伐とした相互監視社会である。

隣人トラブルを怖がるだけでなく、隣人だからこそ、臆《おく》せず話しあえないものか。「袖振り合うも多生の縁」というが、わたしが幼い頃には、見ず知らずの者にも胸襟を開くようなおおらかさが残っていた。

隣人トラブルにまつわる凶悪事件の元祖といえば、一九七四年に神奈川県で起きたピアノ殺人事件だろう。犯人の男はピアノの音がうるさいと、階下に住む母子三人を刺し殺した。

当時は、たかがピアノが動機なのかと話題になったが、いまや、ちょっとした生活音が殺人に発展するのは珍しくない。それどころか騒音に関する問題こそが、隣人トラブルの大半を占めている。

今回のテーマについて、担当のCさんに電話で相談していたら、

「実は、ぼくの家でも――」

と声を曇らせた。Cさんも、生活音の苦情で悩んでいるという。

Cさんが住んでいるのは新築の分譲マンションで、それなりに防音設備は充実しているのだが、隣人はうるさくて眠れないと主張する。

苦情をいわれて以来、Cさん宅では、できるだけ生活音に配慮している。けれども編集者という職業柄、しばしば帰宅は深夜になる。それを見計らったように苦情がくる。

「ポストに手紙が入ってるんです。静かにしてください、って」

このままエスカレートしていけば、小説のネタが増えそうだが、大切な担当になにかあっては困るので、沈静化を祈るほかない。

数年前、わたしの親友であるO氏も、生活音の苦情を持ちこまれた。彼が住んでいるのも分譲マンションで、苦情を訴えているのは階下の主婦である。

それも世帯主であるO氏にはいわず、彼の奥さんをつかまえて、

「おたくの娘さんは、ほんとにお元気でうらやましいですわね。おかげで、ゆうべもうちは眠れませんでしたわ」

ねちねちと、そんな厭味をいう。

しかし娘さんふたりは、無邪気に飛び跳ねるような年齢をすぎている。日常的な生活音は発していても、階下の住人が眠れなくなるほどの騒音には心あたりがない。それでも苦情がでるからには、気づかぬところで大きな音をたてているのかもしれない。

奥さんは夫や娘さんたちにも注意して、極力静かに生活していた。

けれども階下からの苦情はやまない。エレベーターや近所で顔をあわせるたびに、あいかわらず厭味をいう。

一連のトラブルに終止符が打たれたのは、おととしの元旦である。

夜遅く、O氏宅のチャイムが鳴った。奥さんが玄関にでると、階下の主婦が立ってい

て、静かにしてくれという。正月だけにO氏の友人が何人か遊びにきていたが、娘さんたちはもう寝ているし、テレビを観ていただけだから、うるさくしたおぼえはない。

奥さんが対応に窮しているのを見かねて、O氏が玄関にでてきた。

日頃から主婦の言動を腹に据えかねていた彼は、いくぶん強い口調で抗議をした。

「なにがそんなにうるさいのか、この際はっきりさせましょう」

とたんに主婦は顔色を変えて、背後を振りかえった。

「ちょっと、あんた。なんとかいってッ」

主婦が叫ぶと、柱の陰から強面《こわもて》の夫が顔を覗かせた。

その瞬間、O氏は烈火のごとく怒った。

「男のくせに、こそこそしやがって。文句があるんなら、面とむかっていわんかッ」

O氏は、いまでこそブティックの経営者だが、もとはといえば『北斗の拳』の世界を地でいくような高校の出身である。入試問題に「日本で一番高い山はなにか」とあって、答えられない学生がいる高校である。

「きょうから、おれたちが下に住む。うちの部屋と替わってやるから、おまえらはいますぐここへ引っ越せッ」

O氏のすさまじい剣幕に、強面の夫はちぢみあがって、主婦ともども逃げるように退散した。それ以来、ぴたりと苦情はやんで、階下の夫婦は揉《も》み手をせんばかりに愛想がよくなったという。

O氏のケースは、狂気をもって狂気を制したというべきであろう。

「騒音くらいですんでよかった」

心あたりのない苦情には、相手にそう思わしめるのも、ひとつの手かもしれない。

しかしこれは危険な賭けである。相手が折れればともかく、さらに憎悪をつのらせた場合は、血で血を洗う抗争に発展しかねない。

中島らもさんのエッセイに、こんな話があった。

あるアパートでは、二階の住人が室内を歩くと、寸分たがわず、床下から歩調をたどる音がする。階下のおばさんが棒の先で突いているのだが、こういった場合は抵抗しても、むだに思える。

なぜならば狂気において、あきらかに相手がまさっているからである。

二十年ほど前、東京に住んでいた頃にも、そういう人物に遭遇した。

当時のわたしは日雇い労働者で、画家のFくんの部屋に居候をしていた。Fくんが住んでいたのは、阿佐ヶ谷にある築五十年はくだらないアパートの二階で、部屋は三畳しかなかった。もちろん風呂もキッチンもなく、便所は共同である。そこで居候をはじめたとき、

「二階の便所は、絶対に使わないでくださいね」

Ｆくんからそう念を押された。

わけを訊くと、隣に住んでいる老婆が怒るからだという。

なぜ怒るのかと訊けば、老婆は二階の便所を自分のものだと思いこんでいるらしい。要領を得ない解答だが、居候の身だけに、住人とのトラブルは避けるにこしたことはない。しばらくは一階の便所で用を足していた。

そのうち隣室の老婆について、いくぶん知識を得た。彼女は二十代前半とおぼしい娘とふたり暮らしで、終日部屋にいる。

娘は夜な夜などこかへでかけて、明け方近くに帰ってくる。けれども顔も服装も地味で、水商売には見えない。居候のわたしにいう資格はないが、親子で三畳に暮らすとは、いかなる事情があるのか謎だった。

ある夜、酒に酔って帰ってくると、猛烈な尿意に襲われた。

酒呑みの読者にはご理解いただけると思うが、酔っぱらったときの尿意というのは一刻をあらそう場合が多い。いったんは我慢しても、第二波、第三波となると、もう耐えられない。

そのときも非常事態宣言という感じだったので、Ｆくんが留守だったのを幸い、つい二階で用を足した。しかし特に変わったことはない。

安心して部屋で寝ていたら、どんどんどんッ、と薄いベニアのドアを烈しく叩く者がいる。飛び起きてドアを開けたら、隣室に黒い影が駆けこんだ。

どうやら、これがFくんの危惧《きぐ》した事態らしいが、居候とはいえ、二階の便所を使ったくらいで、文句をいわれるのは心外である。

酔いも手伝って、かッと頭に血がのぼった。わたしは部屋をでると、

「なんか用かッ」

と隣室のドアを蹴りつけた。

けれども返事はなく、隣室は静まりかえっている。じっと息をひそめている気配に、勝ち誇った気分で部屋にもどった。

しばらくして、酔いが醒めたせいで喉が渇いた。ジュースでも買いにいこうと部屋をでたとたん、異様な光景を眼にした。

便所のドアが半分ほど開いていて、暗い廊下に光が洩《も》れている。通りすがりになかを覗くと、白い便器の横で、誰かがごそごそと動いている。

それが隣室の老婆だと気づいた瞬間、全身に鳥肌が立った。

老婆は雑巾《ぞうきん》を手に、一心不乱に便器を磨いているのだった。

それ以来、わたしが二階の便所を使わなくなったのは、いうまでもない。

怖い都市伝説

長年おなじメールアドレスを使っているせいか、スパムメールや広告のメールが多い。その気になればメーラーの機能で自動的に削除できるものの、必要なメールがまぎれこんだら困るから、いちいち差出人と件名をチェックしてから削除するが、どれほども経たないうちに受信トレイはぎっしり埋まっている。

次から次になだれこんでくるメールを見ていると、情報の洪水といった印象がある。これほど情報が氾濫《はんらん》する時代は、人類史上はじめてだろう。

また情報は量のみならず、それが伝達される速度においても過去の比ではない。インターネットやメールを通じて、ありとあらゆる情報が刻一刻と世界を駆けめぐる。事実であれ虚構であれ、一瞬にして人口に膾炙《かいしゃ》する。

そんな時代を反映してか、最近は都市伝説がブームらしい。

なるほど都市伝説はインターネットやメールと抜群に相性がいい。無責任に発言できる匿名性と強力な伝播《でんぱ》力は、都市伝説にとって、これ以上ない環境である。

むろんそれを広めたからといって、誰が得をするわけでもない。けれども、いったん増殖をはじめた都市伝説は、人づてに変容しながら繁殖する。さながら言葉のウイルスである。

わたしは小説のほかに、取材にもとづく怪談を書いている。いわゆる実話怪談というジャンルであるが、その取材のなかで、しばしば都市伝説に遭遇する。

最近も、若い女性からこんな話を聞いた。


ある女の子が、奇妙な夢を見た。

夜、自宅へむかう道を歩いていると、前方から自転車に乗った男が近づいてきた。男が目前に迫ったとき、片手にナイフを持っているのに気づいた。あわてて逃げようとしたが、よけきれずに腹を刺された。

翌日、その道を通りかかったとき、女の子は昨夜の夢を思いだした。怖くなった彼女は、彼氏のケータイに電話して、家まで送ってくれるよう頼んだ。

彼氏は用事があるらしく、はじめは断ったが、

「あたしに、なにかあってもいいの」

女の子が泣いて頼むと、ようやく承知した。

やがて迎えにきた彼氏と歩いていると、前から自転車に乗った男があらわれた。

とっさに足を止めて、彼氏の腕にすがりついた。

夢で見た人物に似ているような気もしたが、よく見れば、男の手にはナイフがない。

女の子は、ほっとして、彼氏と一緒に歩きだした。

まもなく自転車とすれちがったが、その瞬間、

「夢とちがうじゃないか」

と男がいった。


「怖くないですか。ほんとにあった話なんです」

この話をしてくれた女性はそういって、肩をすくめた。

仲のいい友だちから聞いた話だと彼女はいうが、よく聞いてみると、友人本人ではなく、友人の知りあいの体験だという。

友だちの友だちから聞いた話といえば都市伝説の典型だが、情報源を確認するまでもなく、この話は古い都市伝説の焼きなおしだろう。

以前、わたしが耳にしたのは、次のようなあらすじだった。

夜、帰宅途中の女の子が、不審な男にあとをつけられて、公園の電話ボックスに逃げこむ。

女の子は自宅へ電話して、母親に助けを求めたが、気のせいだろうと相手にされない。あきらめて電話ボックスをでると、急ぎ足で歩きだしたが、背後から男に刺されてしまう。

そんな夢を見た数日後、女の子が夜道を歩いていたら、背後から男がつけてくる。あわてて公園の電話ボックスに飛びこんだとき、夢とおなじ状況であることに気づく。

女の子は母親に電話して、すぐ公園にきてくれと懇願する。電話ボックスをでると、予想どおり男があとをつけてきた。

しかし、まもなく母親が迎えにきた。男はなに喰わぬ様子で、女の子のそばを通りすぎた。その瞬間、夢とちがうじゃないか、と男がいう。

前述の話と大筋はおなじだが、ディテールはだいぶ異なる。電話ボックスがケータイに変化したのは時代の変遷としても、母親が彼氏に、不審な男も徒歩から自転車に変わっているのはなぜなのか。夢を見てから、事件が起きるまでの日数もちがう。

なかでも特徴的なのは、古いバージョンだと女の子は電話ボックスに入ったとき、夢との類似に気づくが、新しいバージョンでは、女の子は夢を思いだしただけで、彼氏に迎えにくるよう頼んでいる点である。

「あたしに、なにかあってもいいの」

と危険が迫る前から泣いているのは、いささか大仰だが、それが現代的なのかもしれない。

都市伝説の概念が広まったのは、八十年代にアメリカの学者が用いたUrban legendという言葉を和訳したのがはじまりらしい。

わたしが若い頃には、むろんそういう言葉はなく、単に怪しい噂話としてあつかわれていた。数もいまほど多くなく、伝達の速度もゆるやかだったが、インターネットとちがって誰かの口から直接聞くだけに、その場の雰囲気を含めて印象に残った。

「お風呂に入っていると、カシマさんがくるよ」

と従姉《いとこ》が声をひそめていった。小学校低学年の頃で、都市伝説というべきものを耳にしたのは、それがはじめてだったと思う。

カシマさんとは、顔に硫酸をかけられて、恐るべき面貌になった女性の名前である。カシマさんは復讐のために、見境なく硫酸を浴びせるというが、いかなる理由でそんな状態になったのか、もとはどんな女性だったのか、さっぱりわからない。そのくらいだから、なぜ彼女がわが家の風呂にくるのかもわからない。

子どもらしい無茶苦茶な話だが、それを聞くのも子どもである。くるといわれれば、くると思うしかないが、従姉は折に触れて、

「最近、カシマさんが九州に上陸したらしいよ」

まことしやかにいう。ほとんど台風なみのあつかいだが、それほど強大な力を持っているような気もして、しばらくのあいだ、風呂に入るのが無性に怖かった。

カシマさんの噂が全国的なもので、話の内容にさまざまなバージョンがあると知ったのは、ずっと後年である。


おなじ頃、小学校のトイレにも幽霊がでるという噂があった。小学校でトイレというと、学校の怪談で有名な花子さんを連想するが、特に名前はなかった。

むしろ戦前からの歴史を持つという「赤い紙、青い紙」の話にそっくりで、トイレで紙がなくて困っていると、ドアのむこうで声がする。

「赤い紙がいいか、青い紙がいいか」

赤い紙がいいと答えれば、刺されて血まみれになり、青い紙がいいと答えれば、血を吸われて死ぬ。トイレで紙がないだけでも怖いのに、ひどい仕打ちである。

高校生の頃には「口裂け女」が流行《はや》ったが、歳が歳だけにあまり怖くなかった。口が裂けているのはともかく、高速で走るというのが嘘臭い。

テレビや雑誌で「なんちゃっておじさん」がとりあげられたのも、その頃だったと思う。なーんちゃって、というだけで、まったく無害なのと、関東が発信源のせいか、わたしの地元では流行らなかった。

おなじく関東発祥の「白いメリーさん」については、実在のメリーさんに取材した「ヨコハマメリー」というDVDがリリースされている。都市伝説の真相を知る意味でも、ひとりの女性のドキュメンタリーとしても、極めてすぐれた作品だと思う。

「ミミズバーガー」が噂になったのは、わたしがはたちの頃だった。

友だちがバイトしている某店の冷蔵庫を開けると、大量の糸ミミズがビニール袋に詰まっていたという。友だちというのは、例によって友だちの友だちであるが、当時は真に受ける者が多かった。そのせいか噂の対象となった某店では、ハンバーガーの素材は牛肉であると、しきりに広告で強調していた。

時期は異なるが、化学調味料はヘドロから作っているという噂もあった。これも噂を否定するように、素材に関するCMが放送された。

コーラを呑むと骨が溶けると聞いたのは、小学校のなかばくらいだったか。

「コーラばっかり呑んでたら、歯が一本もなくなったって」

「原液はコンクリートも溶かすらしい」

と子どもたちは騒いだが、そのわりに平気で呑んでいた。

当時、ベビーコーラというマイナーな清涼飲料水があった。人体に有害なチクロという物質が添加されているとかで発売禁止になったが、そのへんの影響があるのかもしれない。

最近でこそ聞かないが、わたしが幼い頃は「猫ラーメン」の噂を何度も聞いた。旨いと評判のラーメン店の厨房《ちゅうぼう》には、猫の生首がごろごろしているという。

特定の店舗がターゲットになるせいか、噂は断続的だった。あちこちで耳にするかと思えば、ふっつり途絶え、忘れた頃にまた話題になる。ライバル店の妬《ねた》みか、原料の不透明さから生じた噂に思えるが、猫を食用に用いる国もあるし、猫を入れるとほんとうに旨くなると力説するラーメン店主もいたから、真偽のほどはわからない。

昭和五十年代には、猫ならぬ「手首ラーメン」も登場した。噂の発端となったのは、実際に起きたバラバラ殺人事件だった。犯人は手首の処理に困って、鍋で煮ていたのである。

もっとも、最近では都市伝説も顔負けの食品偽装事件が続いている。猫でダシをとったくらいでは、たいして話題になりそうもないのが怖い。

痛い都市伝説の代表格は「フジツボ」と「ピアスの白い糸」だろう。

前者は高校生くらいのときに、後者は成人してから聞いた。どちらもよくできた話で、知人のなかには、まことしやかに語る者もたくさんいた。いまさら説明は不要だろうが、あるいは未知の読者がいるかもしれないので概略を書く。

あるひとが海水浴にいって、岩場で転んだ。

膝をすりむいた程度なので、そのときは気にしていなかったが、日が経つにつれて、膝は腫れあがり、痛みも増してきた。

病院でレントゲンを撮った結果、膝の内部に影がある。メスで切開してみると、膝の骨にフジツボがびっしり生えていたという。


ある女性がピアスの穴を開けようと、耳たぶを氷で冷やして針を刺した。穴はうまく開いたが、ふと、そこから白い糸がでているのに気づいた。

「なんだろう」

奇妙に思ってひっぱってみると、するすると糸がでてくる。

痛みがないのをいいことに、なおも糸をひっぱったとき、ぷつんとした感触があって、眼の前が真っ暗になった。

それっきり女性は視力を失った。

彼女がひっぱっていた白い糸は、視神経だったのである。

この「ピアスの白い糸」と似たような感触を、わたしも味わったことがある。

十八、九の頃、ふと違和感をおぼえて口のなかに触れたら、歯茎から紐《ひも》のようなものがはみだしていた。指でつまんでひっぱると、ずるずると黄ばんだ布がでてきた。痛みはないが、軀のなかから異物がでてくるのは不気味である。いったいなにかと思ったら、何年か前に歯医者へいったとき、歯茎に詰めたガーゼだった。

都市伝説ほど有名ではないが、若い頃に聞いた痛い話をふたつ紹介する。

ある運転手がトラックを運転しながら、右腕を窓の外にだしていた。指先には火のついた煙草がある。ふと手首に軽い衝撃を感じたが、さして気にとめずに運転を続けた。やがて煙草を吸おうと口元に手をやったとき、運転手は絶句した。右腕の手首から先がない。道路標識だか障害物だかにぶつかった弾みで、手首はすっぱりと切断されていたのである。それに気づいた瞬間、激痛とともに血が噴きだしたという。

これもトラックの運転手の話だが、乗っていたのは大型トラックである。大型だけにドアから地面までは、かなりの高さがある。したがって車をおりるときには、ドア付近につけられた手すりを握って、地面に飛びおりる。

その運転手は、中指に大きな指輪をはめていた。

手すりを握って、ひょいとトラックをおりた瞬間、指輪が手すりの隙間《すきま》にはさまった。

あッと思ったときには、もう遅かった。

指輪は手すりにひっかかっているから、車から飛びおりた全体重が中指にかかる。

つまり刀の鞘《さや》を抜くようにすっぽりと指の肉が削げて、運転手の中指は骨だけになっていたという。

怖い都市伝説【その2】

ムラサキカガミだの、首なしポルシェだの、死体洗いのバイトだの、人面犬に人面魚だの、メディアの発達とともに、都市伝説は急速に増えていった。

たくさんの都市伝説が時代とともにあらわれては消えていったが、もっとも強烈な印象を受けたのは「だるま」である。いまや都市伝説の定番として、カシマさんと同様に多くのバリエーションがあるようだが、はじめて聞いたときは戦慄した。

現在、「だるま」にまつわる都市伝説は、一九六九年にフランスのオルレアンから広まった噂が原型だといわれている。その噂とは、あるブティックの試着室に入った女性が次々にさらわれて、売春組織に売られるというものである。つまり試着室のなかには、どんでん返しの扉がついている。

これもオーソドックスな都市伝説だが、最近ではこれと「だるま」をからめた話も耳にする。すなわち女性が試着室で消えたのちに「だるま」として発見されるという、極めてわかりやすいパターンである。

すっかり都市伝説化した「だるま」だが、完全に虚構とはいいきれない。借金返済のために「だるま」となった人物の記事が、かつて写真週刊誌に載っていたと聞くし、地下ビデオで本物を見たという知人もいる。

はじめて「だるま」の話を聞いたのは、金融業を営んでいた男性からだった。

わたしがはたちの頃で、その男性は、当時働いていた呑み屋の常連客だった。ここで興味深いのは、彼が「だるま」の話の前振りとして、オルレアンもどきの話を語ったことである。


わたしの地元の若い夫婦がヨーロッパに新婚旅行へいった。

あるブティックの試着室に妻が入ったが、なかなかでてこない。

しばらくして試着室からでてきた妻は、顔色が真っ青だった。夫は心配してわけを訊いたが、大丈夫というばかりで要領を得ない。

しかしその後は、なにも不審なことはなく、夫婦は無事に帰国した。

やがて、ふたりのあいだに男の子が生まれた。

その子の肌の色は真っ黒だったという。

このブティックの話も「だるま」の話も、まったくの実話だという触れこみだった。真偽はともかく、類話を耳にしたのはだいぶ後年だから、わたしが聞いたのは原型に近いかもしれない。現在流布しているものと比較してもらうのも一興ということで、そのとき聞いた「だるま」の話を再現してみたい。

具体的な国名や地名は、差し障りがあってはいけないので伏せておく。

三人の女子大生が、アジアの某国へ旅行にいった。

その日は朝からショッピングや観光を楽しんだあと、夜になってホテルに帰ってきた。疲れたのでシャワーを浴びようかと話していると、

「やっぱり買ってこようかなあ」

と、ひとりの女の子がつぶやいた。あるブティックで、さんざん迷ったあげく買わなかったバッグが欲しくなったという。

「あたし、さっきの店にいってくる」

「もう時間も遅いし、ひとりじゃあぶないから、あしたにすれば」

ほかのふたりはなだめたが、彼女はどうしてもゆずらない。

「だって、きょう売れちゃったら困るもん」

彼女は部屋をでていったが、それっきり帰ってこなかった。

やがて日本から両親が駆けつけたり、現地の警察が事件として調査する騒ぎになったが、彼女の行方はまったくわからなかった。

数年後、彼女の親戚にあたる男性が某国に出張した。

抱えていた仕事が一段落して、男性はある街を訪れた。一般の観光客が立ち入らない地域だけに珍しい店が多い。

そこに見世物小屋が立ちならぶ一画があった。小屋の前では、派手な衣裳の女が曲芸をしていたり、呼びこみの男が声高に叫んでいたりする。

縁日のような風情に惹かれて近づいてみると、一軒の小屋が眼にとまった。

看板には「だるまの部屋」といった意味の言葉が記されている。

「だるまって、なんだろう」

興味が湧いた男性は、木戸銭を払って小屋に入った。

薄暗い小屋のなかには、ちいさな部屋がいくつもならんでいた。

部屋には入れないが、ガラスをはめこんだ覗き穴がついていて、通路から内部を見ることができる。

なにげなくひとつの部屋を覗いたとたん、ぞっとした。

全裸の男女が、何人も床に転がっている。

それだけでも異様だったが、みなどういうわけか両手両足がない。生まれつきでないのは、外科手術を施したような傷跡でわかった。人相を隠すためか、あるいは一段と醜怪に見せる演出か、彼らは髪を刈られ、毒々しい化粧を施されている。そのせいでわかりづらいが、「だるま」のなかには白人や黒人もいるらしい。

恐怖と嫌悪感に駆られつつ、部屋を覗いていると、若い女の「だるま」が眼にとまった。女は東洋人のようだったが、どことなく見覚えがある。

まさかと思って見つめていたら、女と眼があった。

女はなにかを訴えるように、ぱくぱくと唇を動かしている。その動きを眼で追うと、なにをいっているのかわかった。

「た、す、け、て」

とたんに女が誰かを思いだして、背筋が凍りついた。

彼女は、この地で消息を断った親戚の娘であった。

後日、男性から連絡を受けた両親は某国に飛び、変わり果てた娘のもとを訪れた。

さっそく日本に連れ帰ろうとしたが、見世物小屋の元締めは、大切な商品をただでは渡せないと拒む。むろん警察に訴えたものの、四肢がないせいで指紋がなく、舌も切除されていて会話もできない。娘と証明することは困難であった。

最終的に両親は元締めに大金を払って、ようやく娘を連れ帰ったという。

そのとき聞いた話によれば、「だるま」は見世物小屋のほかに、売春用としても需要があるらしい。医療の知識がある者が長い時間をかけて作るが、四肢を切断しているせいか、寿命が短い。したがって、あらたに「だるま」を調達する必要がある。

その格好の素材が、海外からの旅行客だという。

怖い料理店

怖いという意味からは、いくぶんずれるが、よく居酒屋などで、

「こちら生ビールのホウにナリます」

と店員がジョッキを置きながらいう。

生ビールの方向に、木の実でもなったのだろうか。なにがホウにナルのかは、マニュアルに問題があるので、本人に訊いても仕方がない。

しかしマニュアルというのは便利な反面、思考停止を促進するので、マニュアルにない事態が生じると、にわかに本性があらわれる。

あるファーストフード店で、客がハンバーガーを五十個だか百個だか注文すると、店員の女の子がさわやかな笑顔で、

「こちらでお召しあがりですか」

というのは有名であるが、もうひとつ似たような笑い話がある。

ファーストフード店のカウンターに、店員の女の子たちが笑顔でならんでいる。その笑顔があまりにかわいらしいので、店の前を通りかかった老婆が窓の外から手を振った。しかしそういう事態はマニュアルにないので、女の子たちは無視したという。

「きょう、何時まで？」

ファミレスの女の子をつかまえて訊くと、彼女は眉をひそめて、

「十一時までですけど」

「いや、きみじゃなくて、店の営業時間だよ」

感情のこもらない愛想をいわれるより、こういう女の子のほうが好感が持てる。そういう意味では、店員が次々に礼や注文を復唱する「山びこ」もわずらわしい。

以前、なにかの拍子に、うっかり若者むけの居酒屋に入ると、

「はい、喜んでえーッ」

ひとつ注文があるたびに全員が唱和する。なにを喜んでいるのかと周囲を見たら、店員はホストのような風体の男ばかりで、顔は笑っていない。喜んでえーッ、と口だけがいびつに動いているが、店内を埋めた女性客は満足そうである。

もうじき店員による包丁パフォーマンスがあるというので、あわてて退散したが、あれは接客というより、自己主張が中心の店なのだろう。

自己主張といえば、有名人のサイン色紙を壁じゅうに貼っている店もわずらわしい。

すこし貼るくらいは愛嬌だが、山ほどあるのは社長室のトロフィーとおなじくらい厭味である。

どうせ見栄を張るなら、土地家屋の権利書でも貼ったほうが、いかにも儲かっていそうで迫力がある。

書や格言をたくさん貼っている店も多いが、ワンパターンなのがおもしろくない。いいかげん飽きがくるのが「相田みつを」で、

「つまづいたっていいじゃないか　にんげんだもの」

おっしゃるとおりであるが、しょっちゅう眼にしていると、つまづきにも程度があるのでは、と茶々を入れたくなる。

では「山頭火」ならいいかといえば、山頭火の句を貼っているような店に限って、結構な勘定をとる。山頭火を地でいく文無しの客がきたら、即座に叩きだしそうなのが気に喰わない。

その点、昔の呑み屋は主張が明確で、

「急ぐとも心静かに手を添えて　外に漏らすな松茸の露」

という短冊が便器の上にぶらさがっていたり、

「あすはツケ、きょうはニコニコ現金払い」

「好きなあなたに貸したいけれど、貸せばあなたがこなくなる」

と書いた紙がレジの前に貼ってあったりしたが、徹頭徹尾くだらないだけ、こちらのほうがましである。

むろん自分の店をどうしようと経営者の勝手である。けれどもそれが特殊な場合は、外からでもわかるようにしておくのが良心的だろう。

かつて話題になったラーメン屋に、店内での会話を禁ずるというのがあった。味に集中して欲しいから、というのがその理由である。しかし会話もまた味で、息詰まるような雰囲気のなかでラーメンなど喰いたくない。

そもそも、そんな営業方針を客に理解してもらうだけでひと苦労だろうが、表に注意書きでも貼っていたのだろうか。


わたしの地元に、老舗の餃子屋がある。旨いのも有名だが、店主が無愛想なことでも有名で、客とはほとんど口をきかない。それどころか追加注文をさせない。

執拗《しつよう》に頼むと、しぶしぶ焼きはじめるが、

「もう追加はできませんから、そのつもりで」

金融機関の窓口のような硬い顔つきでいう。感情をあらわにするのは正直でいいが、それほど仕事が厭なら、いっそ店を畳めばいいような気もする。

しかし上には上がいるので、この店以上に無愛想な中華料理屋があった。ここも旨いかわりに、店主である中年男はまったく喋らない。

「いらっしゃいませ」とか「ありがとうございました」のひとことがないのは当然として、注文にすら答えない。常連は心得ているので、注文して返事がなくとも黙っているが、たまに事情を知らない客がくると、はらはらする。

店主は、注文を訊くなどという野暮なことはしないから、

「チャーハンください」

たまりかねた客が声をあげる。

しかし店主は、せわしげに中華鍋を振りながら、一顧だにしない。

声をかける機会を誤ったかと、客は眼をしばたたいて、

「あのう、チャーハンください」

さっきより大きな声でいうが、店主は貝のように押し黙っている。客は、ばつの悪そうな苦笑を浮かべて周囲を見まわすと、果敢に注文を繰りかえす。

そのへんで店主の広い背中に、もやもやとオーラのごときものが漂いはじめる。

「ねえ、ちょっと」

客もカウンターに身を乗りだして、声を尖《とが》らせる。

「ひとが注文してるのに、聞こえないの」

水を打ったような静寂のなかで、常連たちの喉がごくりと鳴る。

次の瞬間、店主は不動明王のような形相で振りむいて、

「聞こえとるわッ」

ドンブリが割れそうな声で一喝する。

厭そうに仕事をするのも、これくらいになると、むしろ尊敬に値するので、店を畳めばいいなどとは思わない。地元の文化財として長く続けて欲しかったが、十数年ほど前に閉店した。

あるとき客の老人が、

「ああ、美味《おい》しかった――」

勘定の際につぶやくと、店主が珍しく口を開いた。

「思ってもないくせに」


いまあげた二軒は店主こそ怖いが、料理は旨いから、ふたたび足を運ぶ気にもなる。しかし店主の愛想だけよくて料理がまずいのは、悪女の深情けとでもいうべき複雑な心境になる。

鉄板焼の某店は、まぶしいほど白い調理着に身を包んだ店主が、うやうやしく客を出迎える。五十がらみで恰幅もよく、あたかも料理の鉄人のような風貌である。

店主は手さばきも鮮やかに、さまざまな創作料理をだしてくれるが、どれも自分の舌

を疑うほどまずい。店主の外見と味のギャップに驚いていると、

「いかがですか」

さも自信ありげな表情で感想を訊いてくる。

その眼がどことなく狂気を孕《はら》んでいるようで、

「――旨いですね」

つい心にもない愛想をいうと、店主は満面の笑みでうなずいた。

そのとき食べさせられていたのは、生焼けのモヤシとキャベツをメリケン粉にぶちこんだような代物だったが、彼は某料理漫画家の名前を口にして、

「あの方は、これは旨いって三度もおかわりしましたよ。それでは、次にこういうのはいかがでしょう」

またしても、とびきりまずい料理をだしてくる。

それ以来、某料理漫画家の味覚には疑問を持っているが、あるいは彼も店主の迫力に圧《お》されて、本音をいいそびれたのかもしれない。

わたしのような貧乏人にとって、料理で怖いのは値段である。

値段が怖いといえば「鮨」である。値段が高いのは「寿司」ではなく「鮨」と相場が決まっている。「鮨」屋の鮨は、たいてい時価で、どこにも値段が書いてない。多くの

場合、ネタケースもなく、手入れの行き届いた白木のカウンターだけである。

なにかの拍子に一見《いちげん》の鮨屋に入って、そういう雰囲気だと、ある程度の勘定は覚悟する。とりあえず酒を頼んでみれば、さらに状況ははっきりする。

銘柄を訊いてくるようなら、それなりに廉価かもしれないが、黙って冷酒の徳利がでてくるような店は危険である。

ひと口呑んで旨かったら、さらに危険なので、銘柄を訊いてみる。

「久保田の萬寿です。うちはそれしか置いてませんので」

などといわれたら、ああ、きょうは終わったな、と思う。

勘定のことを考えると、もはや味どころではない。

地元の鮨屋でもっとも高いといわれていた某店は意地が悪くて、昼間は二千円かそこらの鮨定食をだしていた。

定食を喰うぶんにはその値段だから、ひとによってはふつうの店かと思う。ところが夜にいこうものなら、二、三人で呑み喰いして、車が買えるような勘定をとられる。

知人の社長がその噂を聞いて、嘘だろうといった。しかし念のために五十万ほど現金を持って、社員たちと呑みにいった。

あとでどうだったかと訊くと、社長は眉を八の字にして、

「――足りないぶんはカードで払ったよ」

その店はいまもあるが、充分儲けたからか、勘定はずいぶん安くなったらしい。それでも怖くて、足を運ぶ気にはならない。

だいたい「鮨」は高いから、懐が不安なら「寿司」を喰えばいい。出前の鉢盛りだっていいし、回転寿司だっていい。しかし「寿司」にも怖い店がある。

昔、なにかのテレビ番組で、ある寿司屋を見て驚愕したことがある。その店の大将は、寿司の修行をいっさいしたことがないという。

どういうわけか、大将はそれが大変な自慢らしく、

「あっしゃあ、漁師出身ですけん。寿司は独学じゃあ」

と赤銅色の顔で叫んでいる。

大将は、おひつならぬプラスチックの容器に入った飯を両手でわしづかみにすると、米粒をボロボロこぼしながら、寿司めいたものを握る。

未開の裸族が泥人形でもこねているような手際であるが、誰もなんともいわない。

続いて大将は、飯の上に粉わさびを塗りたくり、魚の半身といったほうがいいほど巨大な切り身を乗せて、

「一丁あがりッ」

どこが「一丁あがり」なのか、さっぱりわからないが、この店は大人気だそうで、カ

ウンターには客が鈴なりになっている。しかも客は、みな手に手に包丁を持っている。

「うちは魚の身がよそとちがって大きいけん、お客さんが好きに切って食べるんや」

大将は得意げにいったが、自分で魚を切らされては、寿司屋にいった意味がない。大将がネタをさばけないのを逆手にとっている気配もある。

現在は東京の百貨店にも出店している某料亭の創業者は、料理の修行をしたことがなく、包丁が使えなかった。しかし、それをものともせず、

「食材に金気を入れると味が落ちる。包丁なんか使うのは素人や」

と息巻いて、なんでも手でちぎって調理した。それが物珍しさから人気を呼んで財を成したのだから、人生はわからない。


素人の寿司で怖いといえば、わたしの教え子がアルバイトをしていた回転寿司屋は、学生やフリーターが寿司を握る。ずぶの素人に握らせるのもすごいが、教え子によれば、店員はみな何日も風呂に入らないような連中らしい。

店長もフリーターあがりだが、まったくやる気がなくて、いいネタが入ると、客より先に喰ってしまう。そんな調子では、すぐさま潰れたかと思いきや、教え子が辞めるまではそこそこ流行っていたという。

なにが怖いといって、不衛生な店ほど怖いものはない。

いかに愛想が悪かろうと、料理がまずかろうと、値段が高かろうと（金額にもよるが）、不衛生の恐怖にはおよばない。

先日、古い友人から、こんな話を聞いた。

その夜、彼は知人とふたりで、ある居酒屋に入った。注文を終えて、突出しの小鉢に箸をつけると、これが見事に腐っていた。店員にそれを指摘すると、

「すみません。べつのに替えますから」

すかさず小鉢をひっこめようとする。友人はそれを制して、

「替えればいいってもんじゃないだろう」

ひとしきり文句をいったが、店員はふて腐れた顔で黙っている。そのうち店長の名札をつけた男が割りこんできた。

店長は小鉢の中身を口にして、腐ってない、とかぶりを振った。

「お口にあわないのなら、替えさせます」

まるで客側に問題があるようにいう。友人は温厚な人物であるが、さすがに色をなして、同席の知人とともに、絶対に腐っていると主張した。

とたんに常連客らしい連中が騒ぎだした。

「なにを因縁つけとるんや」

「細かいことで、ごちゃごちゃいうな」

友人たちは愕然としたが、あとにはひけない。押し問答を続けていると、店の経営者だと名乗る中年男が友人の隣に坐った。

「まあまあ」

と男は友人のグラスにビールを注いで、

「楽しく呑んでくれんですか」

周囲を見まわすと、店員も客も険しい眼でこちらをにらんでいる。

「結局、ビール一本でごまかされたよ」

友人たちには、そのままごね続けて欲しかった気もするが、最近は女性を監禁するために営業していた外食チェーンもあるくらいだから、下手に逆らわないほうが賢明かもしれない。


二十年ほど前だったか、わたしの地元に人気のラーメン屋があった。

味もいいし、接客もいい。おまけに値段も安いとあって、客が連日押し寄せる。

あるとき、このラーメン屋に、高校の同級生であるYくんが就職した。

はじめは皿洗いや食材の下ごしらえといった雑用をこなしていたが、そのうち大将に目をかけられて、スープの管理をまかされるようになった。

将来は暖簾《のれん》わけしてもらえば、とわたしはいったが、Yくんは暗い表情でかぶりを振

る。よほど仕事が大変なのかと思っていたら、

「実はね――」

と声をひそめた。

毎朝、Yくんは出勤すると、まっさきに寸胴鍋の蓋を開ける。

スープは前の晩に仕込んであるから、味の調整ではない。スープの表面に浮かんでいる、あるものを取りのぞくのが目的である。

「絶対いうたらいけんよ。おれが喋ったのがばれたら、殺されるけん」

Yくんは念を押してから、あるものの正体を口にした。

それは、チャバネゴキブリである。

チャバネゴキブリは成虫で一センチほどのちいさなゴキブリで、薄茶色の翅をしている。家庭でもよく見かけるから、ご存じの読者も多かろうが、チャバネゴキブリがもっとも繁殖しているのは飲食店である。

ことに古いテナントビルには、信じられない数が巣くっている。呑み屋で働いていた頃、年末の大掃除で殺虫剤をまいたら、冷蔵庫の裏や流しの下から、チャバネゴキブリがうじゃうじゃと這いだしてきた。

屍骸を掃き集めてみると、ちり取りに山盛り何杯もあったが、ビル全体ではどのくらいの量になるのか見当もつかない。

ところでそのラーメン屋では、おびただしい数のチャバネゴキブリが、いかなる経路をたどってか、夜のあいだに寸胴鍋にもぐりこむ。

寸胴鍋に入ったチャバネゴキブリは、スープで溺《おぼ》れ死ぬから屍骸が溜まる。それを目の細かいザルで、ていねいに漉《こ》すのが日課だという。

「もうスープの上にびっしり。大きい黒ゴマでもまいたみたいに――」

その現象は、ずっと前から続いているようだが、

「どうせ煮るけん、バイ菌はおらん」

大将は気にする様子もないという。ゴキブリは漢方薬の素材に用いるくらいだから、煮沸すれば、たしかに害はないかもしれないが、これは心理の問題である。

「ひと晩じゅうスープに浸《つ》かってるから、ゴキブリのダシがでてるよ」

Yくんは顔をしかめていう。わたしは無責任に笑って、

「そのダシが案外、人気の秘密かもしれんよ」

Yくんはまもなく転職したが、そのラーメン屋は後年、立退《たちの》きを機に商売をやめるまで、ずっと盛況だった。

怖い偶然

あるひとの話をしていると、当人があらわれた。

あるひとのことを考えながら歩いていると、当人にばったり逢った。

「噂をすれば影」というが、そんな経験は誰しもあるだろう。

電話をしようと思っていると、相手から電話がかかってきた。誰かに電話をかけたら、「いまかけようと思っていた」といわれた。こういうことも、よくある。

いずれも「偶然」で片づけられるが、ふだんは意識していないだけで、われわれの日常は偶然に満ちている。

たとえば、朝起きて出勤するのは「必然」と誰もが思っている。けれども、会社へたどり着くまでには無数の「怖い偶然」がひそんでいる。

朝食のとき、もう一杯おかわりをしていたら、胃癌が発生したかもしれないし、トイレで、あとちょっといきんでいたら、脳の血管が破裂したかもしれない。

いつもの横断歩道を、もう一秒早くわたっていたら、車に轢《ひ》かれたかもしれないし、あと一秒、信号が変わらなかったら、通り魔に襲われたかもしれない。

まさかそんなことはあるまいと、誰もがたかをくくっている。しかし実際にそんなことがあるから、偶然という言葉がある。

「××の数だけ××がある」というのは、広告のコピーとしては手垢《てあか》がついているが、ひとの数だけ偶然はある。世の中には、信じられないような偶然に遭遇したひとがいる。


奇妙な偶然の例として有名なのが、「ヒュー・ウィリアムズ」の話である。

一六六〇年十二月五日、ドーバー海峡で汽船が沈没した。

その日は厳しい寒さのうえに海は大荒れで、乗客はひとりをのぞいて全員が死亡した。

救出された乗客は、ヒュー・ウィリアムズという男性だった。

一七八一年十二月五日、前の事故から百二十一年後のおなじ日に、おなじくドーバー海峡で船が沈没した。このときも寒さは厳しく、海も荒れていたので、乗客の安否は絶望的だったが、一名だけ生存者がいた。

その人物は、ヒュー・ウィリアムズという男性だった。

一九四〇年七月十日、イギリスのトロール船が、ドイツ軍の攻撃によって沈没した。

生存者は二名で、名前はふたりともヒュー・ウィリアムズだった。

インターネットで検索してみると、これ以外にもヒュー・ウィリアムズという人物が沈没船から救助された記録があるらしい。

海難事故がもたらした奇妙な偶然には、こんな事例もある。

一八二九年十月十六日、イギリスの帆船マーメイド号は、嵐によって沈没した。二十二名の乗組員は海上の岩に避難して、三日後に付近を航行していたスイフトシュア号に救助された。

ところが三日後、スイフトシュア号は海流に巻きこまれて、浅瀬に乗りあげ、航行不能となった。マーメイド号の乗組員を含む三十二名は、船を捨てて、近くの海岸へ泳ぎ着いた。

三時間ほどして、彼らはガバナー・レディ号という船に救助された。マーメイド号とスイフトシュア号の乗組員が加わったせいで、ガバナー・レディ号の乗員数は定員の倍にあたる六十四名になった。

三時間後、ガバナー・レディ号は火災を起こして、乗組員は全員が救命ボートで脱出した。定期航路を大きくはずれた大平洋のまんなかだったが、運よくオーストラリアのコメット号に救助され、全員が無事だった。

けれども、ここまで事故が重なると「この船も沈むのではないか」と疑心暗鬼になる乗組員もいた。その予感はあたって、海上は嵐になり、コメット号は見事に沈没した。今回は救命ボートをおろす余裕もなく、乗組員たちは海を漂うはめになったが、十八時間後、郵便船ジュピター号に全員が救助された。

しかしジュピター号は、ほどなく暗礁に乗りあげて、船底に大きな穴があいた。最初に沈没したマーメイド号の乗組員にとっては、五回目の遭難である。

百二十八名に膨れあがった乗組員は、岩礁にしがみついて救助を待った。

今度も助かるだろうと思いきや、やはり今度も助かるので、イギリスの客船、シティ・オブ・リーズ号が乗組員全員を救出した。

つまり五回も遭難して、ひとりの死者もいないのである。

シティ・オブ・リーズ号は彼らのほかに、百人の乗客を乗せていた。その乗客のなかに、重病に罹《かか》ってベッドで寝たきりの婦人がいた。彼女は十年前に生き別れになった息子の名前を、うわごとで呼び続けている。

それを見かねた船医のトーマス・スパークス博士は、誰か息子の身代わりができる者がいないか遭難者たちに訊ねた。

女性はヨークシャーの生まれだから、おなじ出身地の者がいいと博士がいうと、マーメイド号の乗組員だった、ひとりの男が名乗りでた。彼の名前と年齢を聞いた博士は驚愕した。

ピーター・リチャードソンというその人物こそは、重病の婦人が十年前に生き別れた息子だった。悲願がかなったせいか、婦人の病は急速に回復し、それから十八年間、息子と一緒に暮らした。

『奇談千夜一夜』（庄司浅水 著／現代教養文庫）によれば、この事件はオーストラリア連邦海運局の文書保管所やロンドンのロイド汽船会社の記録簿で、はっきり確認できるという。

偶然にまつわる実話としては、フランスの詩人、エミール・デシャンの体験も有名である。

『怪奇現象博物館』（J・ミッチェル、R・リカード 著／北宋社）によれば、デシャンは少年時代、ド・フォールジビュという人物から、プラム・プディングを食べるよう勧められた。当時、プラム・プディングはフランスでは一般的でなく、その味はデシャンの印象に残った。

十年後、デシャンがレストランの前を通りかかると、店内でプラム・プディングを作っているのが見えた。

デシャンは懐かしさをおぼえてレストランに入り、プラム・プディングを注文したが、あいにくプラム・プディングは予約済みだった。

しかしデシャンはあきらめきれず、プディングを予約した客に、一部をわけてもらえないか交渉しようと考えた。

やがてあらわれた予約客は、プラム・プディングの味を教えてくれたフォールジビュだった。

ふたりは奇妙な偶然に驚きながらも、再会を喜び、一緒にプディングを味わった。

それから何年も経って、デシャンは本式のイギリス風プラム・プディングが呼びものの晩餐会《ばんさんかい》に招待された。

デシャンは晩餐会の主催者に、フォールジビュとの不思議な出逢いを冗談めかして喋っていた。すると食事の最中に、またもやフォールジビュがあらわれた。

フォールジビュは、おなじ建物でおこなわれていたべつの晩餐会へいこうとしていたのだが、部屋をまちがえて入ってきたのだった。

古い話が続いたが、現代にも奇妙な偶然の例はたくさんある。

アメリカ合衆国、第十六代大統領であるエブラハム・リンカーンと第三十五代大統領、ジョン・F・ケネディには不可解な共通点があることが知られている。

『恐怖の偶然の一致』(TBSテレビ 編著/二見書房)によれば、リンカーンが議員に選出されたのは一八四六年、ケネディが議員に選出されたのは、ちょうど百年後の一九四六年である。

リンカーンが大統領に当選したのは一八六〇年、ケネディが大統領に当選したのは、これも百年後の一九六〇年である。

リンカーンもケネディも暗殺されたのは周知のとおりだが、リンカーンはフォード劇場で、ジョン・ブースに後頭部を撃たれて死亡した。

ケネディはテキサス州ダラスで、フォード社製のリンカーンに乗っているところを、リー・オズワルドにライフルで後頭部を吹き飛ばされて死亡した。ケネディのダラス行きに反対した私設秘書の名前は、イブリン・リンカーンである。

どちらの大統領も、殺害されたのは金曜日で、夫人を同行していた。どちらの大統領も、黒人の人権回復に熱心だった。

リンカーンの死後、大統領に就任したのは、南部出身の副大統領アンドリュー・ジョンソンで、一八〇八年に生まれている。

ケネディの死後、大統領に就任したのは、南部出身の副大統領リンドン・ジョンソンで、アンドリュー・ジョンソンが生まれた百年後の一九〇八年に生まれている。

リンカーンを殺害したジョン・ブースは、劇場で犯行を遂げ、倉庫へ逃亡したが、ケネディを殺害したリー・オズワルドは、倉庫の窓からケネディを狙撃し、劇場へ逃げこんだ。

ジョン・ブースもリー・オズワルドも、犯行後、公衆の面前で射殺されている。ジョン・ブースが生まれたのは一八三九年で、オズワルドはちょうど百年後の一九三九年に生まれている。

ちなみに殺されたジョン・ブースは替え玉で、本人は事件から四十年後に自殺したという説がある。ブースの死後、遺体は証拠を残す意味でミイラにされ、アメリカ各地で見世物にされた。のちに、これがブース本人であると鑑識の折紙もついたというが、現在ミイラの所在は不明だという。

名前の一致という点では、一九六四年九月十六日、アメリカのニュージャージー州フローレンスで起きた事件も興味深い。

午後三時、車を運転していたマイルズ・N・ルーカスという六十八歳の男性が、交差点でトラックに衝突した。

車は道路脇にある墓地へ弾《はじ》き飛ばされて、墓石に激突した。事故の連絡を受けて救急車が到着したときは、マイルズ・N・ルーカスは全身を強打して即死の状態だった。

やがて警察の現場検証がはじまると、奇怪なことが判明した。車が激突した墓石には「マイルズ・N・ルーカス、ここに眠る」と刻まれていたのである。

つまりマイルズ・N・ルーカスは、同姓同名の人物の墓石にぶつかって死んだことになる。しかも墓石には「死は、すべての者に等しく訪れる」という皮肉な文句が記されていた。

マイルズ・N・ルーカスの墓石には、いまも事故当時の傷跡が残っているという。


日本の例で印象に残ったものを、いくつかあげる。

一九八五年八月十二日、日本航空JAL123便が群馬県上野村の御巣鷹山《おすたかやま》に墜落して、五百二十名の犠牲者をだす大惨事となった。

このとき事故機には、JALの機内誌「ウイング」八五年九月号が積まれていたが、同誌には墜落現場である上野村の村長のインタビュー記事が掲載されていた。

この記事は全国のユニークな人物を紹介するという企画で、全国四十七の都道府県から毎月ひとりを選んでいた。取材がおこなわれたのは、事故発生の二か月前の六月だが、群馬県で、なおかつ上野村の村長が選ばれる確率は相当に低い。

事故後、「ウイング」九月号は、遺族への配慮から、すべて廃棄処分となった。

ちなみに村長は事故が起こった一九八五年の年頭に、

「今年は、あなたが世界じゅうに注目されるような出来事が起こる」

と村の占い師からいわれていたという。

一九七一年四月四日に生まれた「ナスノカゲ」という競走馬は、四枠一番人気で、四歳馬最後のレースに臨んだ。

けれども「ナスノカゲ」は、中山競馬場の第四コーナーをまわったところで突然転倒し、首の骨を折って即死した。このとき後続の馬も巻きこまれ、四頭が転倒した。

四月四日生まれで、四歳馬最後のレースの枠番が四、第四コーナーで四頭を巻きこんで転倒し「死＝四」を迎えたというのはできすぎだが、競馬史上に残る事実らしい。


一九九二年に大阪府泉南郡のある町で、五人の若者がほぼ一週間おきに原因不明の自殺を遂げるという事件が起きた。

一連の事件の直前には、おなじ町内で、ふたりの若者がシンナーの吸引が原因で死亡している。のちに自殺した五人のなかには、彼らと友人だった者もいるが、因果関係ははっきりしておらず、すべては偶然というほかない。


わたしの周囲にも奇妙な偶然は数多い。

街で知人にばったり逢うという程度なら、毎日のようにあるし、夢で見た光景が現実となったことも何度かある。

怪談の取材をするなかでも、偶然にまつわる話をしばしば耳にする。一例を、拙著

『怪を訊く日々』（幻冬舎文庫）から引用する。


なにか怖い話はないか、と運転手に訊くと、こんな話をしてくれた。

地元に飲食店ばかりが入った、古いテナントビルがある。

夕方、そのビルの前で女の客を乗せた。

行き先を訊くと、女はある街の名前をいった。その街まではかなりの距離があるから、運転手は喜んだ。

やがて目的の街で女をおろし、タクシーは地元にもどってきた。さっき女を乗せたビルの前を通りかかると、車の窓を叩くものがある。

また女の客で、しかも前の客と行き先がまったくおなじだった。

「すごい偶然だと思いましたね。でも連続でロングの客だから、うれしかったですよ」

運転手は女を送り届け、また地元にもどった。

あたりは、もう夜になっている。

しばらく街を流していたが、誰も乗ってこない。

ふと気がつくと、さっきのビルのそばまできていた。しかし、おなじ場所で何度も客を拾えるわけがない。そう思っていたら、

「あのビルの前で、女が手を振っているんですよ」

ドアを開けると、女はシートに坐り、行き先を告げた。

「もう鳥肌が立ちました」

その女は、またおなじ街の名前を口にした。

「長いことタクシーに乗ってるけど、おなじ場所から三回も乗せて、行き先も全部おなじなんて絶対ないです。これは、なんかあると思いました」

運転手は怖さをまぎらわそうと、女に話しかけたが、なぜかろくに返事をしない。目的地に着くまで恐ろしくて仕方がなかった、と運転手はいった。


こうした現象はシンクロニシティ——ユングのいう「意味のある偶然」なのか、それともべつのものなのか、わたしにはよくわからない。だが、記録に残るほどではなくても、あらゆる事象は偶然の集積である。

ある科学者の計算によれば、現在の地球ができる確率は、強風が吹いて、たまたまジャンボジェット機が組み立てられるのとおなじ確率だという。

どういう計算をしたのかさだかでないが、「ない」に等しい確率なのはわかる。しかし分母が無限であれば、どんなにあり得ないことでも起こり得る。

一兆面体のサイコロでも、無限に振れば、すべての面がでるだろう。一兆の一兆乗くらいのサイコロなら、核戦争も宇宙人襲来もタイムスリップも、なんでもありではなかろうか。

猿が無限にタイプライターを打てば、シェイクスピアの全作品を偶然に書きあげてしまうという「無限の猿定理」とおなじである。

要は分母の大きさが問題なので、人類六十六億人がトーナメントでじゃんけん勝負をすれば、優勝者はとんでもない連勝記録を作るわけだが、べつに不思議ではない。トーナメントの人数がいくらでも増やせるならば、十億連勝だって百億連勝だってするだろう。

だいたい一等が一千万分の一の年末ジャンボ宝くじが自分に当たると思って売場にならぶのだから、たいていのことは不思議と思ってはいけない。年末ジャンボが当たるくらいなら、交通事故に遭う確率は一万分の一だから、毎日車に轢かれてもおかしくない。そういう意味では、なんの苦労もせずに出世するひともいれば、どれだけ努力しても貧乏になるひともいるのは当然である。


そもそも偶然というのは、人間の印象である。

なにかが起きると「そうならなかった」場合を想像するから不思議に感じるが、結果から見れば分岐点などない。あらゆる事象は「必然」の一本道をたどっている。

ここ何年か、わが国の自殺者数は年間三万人を超えているが、来年なんらかの理由で自殺する三万人は、いま生きている。

　三万人のなかには、すでに自殺を考えている者もいるだろうが、いまの段階では、自殺など想像すらしない者もいるだろう。

　あしたの昼飯はなにを喰おうかとか、今度の休みはなにをしようかとか、呑気なことを考えているかもしれない。

　しかしその人物は、来年じゅうに必ず自殺するのである。それが誰なのか、いまはわからないだけで、来年という年が終われば、ちゃんと自殺者の名簿に加わっている。

　むろん自殺者だけに限らない。正月に餅を喉に詰まらせて死ぬ老人も、冬休みに飲酒運転による事故で死ぬ若者も、健康診断で見つかった癌で死ぬサラリーマンも、夏に海水浴場で溺れ死ぬ子どもも、秋に恋人から刺されて死ぬ女性も、きょうは生きている。

　未来から見れば、彼らはいま、死にむかって着々と準備を進めているように映るだろう。毎日の一挙手一投足が、やがてくる運命の日へつながっていく。それは未来においては必然であり、現在においては偶然である。

　来年死ぬ「彼ら」とは、わたしかもしれないし、あなたかもしれない。

　それを分けるのもまた「偶然」である。

怖い映画

生まれてはじめて観たホラー映画は「ドラキュラ」だったと思う。ドラキュラがクリストファー・リーで、ヴァン・ヘルシング博士がピーター・カッシングという、中年世代にはおなじみの配役である。もっとも、このコンビによるドラキュラ映画は何本もあるので、どの作品だったかはわからない。べつの映画と混同しているかもしれないが、ゾンビもでてきたような気がする。

場末の古ぼけた映画館で、エアコンはなく、天井で大きな扇風機がまわっていたから、小学校の低学年だったとおぼしい。映画館自体が怖いくらいだから、むろん映画は怖かったが、ドラキュラよりも怖かったのが「お岩さん」である。

四谷怪談がらみの映画もドラキュラと同様、種類があるので、どれを観たと特定できないが、中川信夫の傑作「東海道四谷怪談」は、ここで観たような気がする。

しかし当時は、どのお岩さんでも怖いのである。

■吸血鬼ドラキュラ
販売元：ワーナー・ホーム・ビデオ
¥1500

川っぷちの柳、按摩《あんま》の笛、ぱたぱたとせわしない団扇《うちわ》。むうん、と湿気のこもった映画館の暗闇で、どろりと膜のかかったような映像を観ていると、それだけでぞくぞくしてくる。

ジャパニーズホラーの草分けともいえる「マタンゴ」を観たのも、この頃だったと思う。裕福な若者たち七人を乗せたヨットが遭難して、南海の無人島に流れついた。島には不気味なキノコが自生しているだけで、ほかに食べられるものはない。やがて若者たちは、食料や女性をめぐって醜い争いをはじめるが——という筋書きである。

脚本は星新一と福島正実で、原作はホジスンの『闇の声』だという。人間のエゴも怖いが、マタンゴの造形も怖い。これを観たせいでキノコが喰えなくなったひともいるらしい。

小学校六年生のとき、ものすごく怖い映画が日本に上陸すると聞いた。

ウィリアム・フリードキン監督の「エクソシスト」である。実際の事件に基づいた映画という触れこみで、アメリカでの公開時には失神する観客が相次いだらしい。

地元での公開初日、わたしは従姉とふたりで長い行列にならんだが、さまざまなシーンが前もって映画雑誌などで紹介されていたせいか、さほど怖くなかった。

主演のリンダ・ブレアは迫真の演技だったが、ぼろぼろの顔で悪態をついたり、汚物を吐いたりするのが、怖いというより汚い印象だった。この映画のイメージが染みついたせいか、リンダ・ブレアの後年は女優として不遇だった。

十九歳の頃だったか、「エクソシスト」のノーカット版というのが上映されて、朝まで呑んだあと博多の映画館で観た。ひと眠りするつもりだったが、だだっ広い館内には、わたしひとりしか客がいない。なんとなく落ちつかずに眠ることもできず、だらだらと映画を観たが、このときはさすがに怖かった。

併映が知るひとぞ知る「デビルスピーク」で、これも胸糞が悪かった。いじめられっこがいじめっこを豚に喰わせるというオチからしてB級ホラーなのだが、ひとりで観ていると悪夢に魘《うな》されているような気分になった。

ところで「エクソシスト」のテーマ曲である「チューブラー・ベルズ」は映画音楽史上に残る名曲である。あの淡々とした、なにかの予兆を感じさせる旋律は、いま聞いても怖い。

この曲には妙な思い出があるが、拙著『怪を訊く日々』にも書いたので簡単に記す。
二十二、三の頃、友人の家で遊んでいて、ひまつぶしに「怖い音楽」を作ろうということになった。友人はバンドをやっていたから、さまざまな機材がある。
そこで「チューブラー・ベルズ」をベースに、風の音や猫の鳴き声、ひとの叫び声や息づかい、不安を掻《か》きたてるような不協和音といった効果音をアレンジした。

やがてできあがった曲は、なかなかの出来映えだった。わたしはそれを録音したカセットテープを、行きつけのスナックへ持っていった。

ママに無理をいって営業中にかけさせると、女の子や客たちはみな悲鳴をあげた。

想像以上の効果にわたしは満足したが、それからが大変だった。

照明が不意に明滅をはじめ、店のドアやトイレのドアが開かなくなって、店内はパニックに陥った。カセットテープを止めたとたん、ぴたりと怪異はおさまったが、

「こんなものを持ってくるからよ」

とママにはさんざん叱られた。

テレビで観た映画で怖かったのは、ヒッチコックの「鳥」である。

単に大量の鳥が襲ってくるというだけの話だが、テレビの洋画劇場で観てから、しばらくは鳥が怖かった。考えてみれば、当時のテレビは「こんなものを家族で観ていいのか」という怖い映画を平気で放映していた。

ポーの小説を映像化した「世にも怪奇な物語」を観たのは、小学校の五、六年だろうか。「黒馬の哭く館」「影を殺した男」「悪魔の首飾り」の三本からなるオムニバス映画で、ロジャ・ヴァディム、ルイ・マル、フェデリコ・フェリーニが監督している。

どれも怖くて、子どもが観れば寝つけないこと必至である。なかでもフェリーニ監督

の「悪魔の首飾り」は、いまだにトラウマだという人物が多い。ネタバレになるのでオチは書かないが、毬《まり》をつく少女がとにかく怖いのである。

ヤコペッティ監督の「世界残酷物語」も衝撃的だった。

ホラーではなく、ドキュメンタリー映画（後年フェイク疑惑もでたが）で、世界の奇習やいかがわしい風俗といったゲテモノ趣味が全開である。いま観れば、さほど過激ではないだろうが、すくなくとも家族で観る映画ではない。

もっとも恐ろしかったのは「ジョニーは戦場へ行った」である。

未見の方のために簡単に内容を紹介すると、アメリカの青年が第一次大戦に出征し、ヨーロッパの戦場で爆撃を受け、瀕死《ひんし》の重傷を負った。彼は四肢をなくしたうえに、眼も見えず、耳も聞こえず、喋ることもできない。

とうに意識もないものと思われていたが、あるとき彼はベッドに頭を打ちつけはじめた。それは、彼からのメッセージを伝えるモールス信号だった。

この映画は、たまたま家族で観ていたが、あまりのことに全員が無言だった。実在した英軍将校がモデルだというのも痛ましすぎる。最強の反戦映画である。

成人してからは、ビデオデッキの普及もあって、映画を観る頻度は飛躍的に増えた。

印象に残っているホラー映画では、「サスペリア」「サスペリアPART2」「ナイ

■ジョニーは戦場へ行った

発売元：角川映画
販売元：ジェネオン エンタテインメント
価格：¥3990（税込）

ト・オブ・ザ・リビングデッド」「ゾンビ」「悪魔のいけにえ」「キャリー」「死霊のはらわた」「シャイニング」「13日の金曜日」「遊星からの物体X」「ハロウィン」「オーメン」「エルム街の悪夢」「ヘル・レイザー」「エンゼル・ハート」「シックス・センス」といった定番をはじめ、「ローズマリーの赤ちゃん」「フェノミナ」「イレイザーヘッド」「ゴシック」「バーニング」「血のバレンタイン」「バスケットケース」「悪魔のシスター」「悪魔のはらわた」「ブレインデッド」「柔らかい殻」「シェラ・デ・コブレの幽霊」といったところが浮かんでくる。

定番以外に言及しておくと、「ローズマリーの赤ちゃん」は、監督であるポランスキーの妻で女優のシャロン・テートが、本作の公開後にマンソン一家によって殺害されたのが、映画の内容とシンクロして恐ろしい。

「フェノミナ」はダリオ・アルジェント監督で、まだ十四歳のジェニファー・コネリーが腐った屍体と蛆だらけのプールに飛びこんだりする。

「イレイザーヘッド」は、デヴィッド・リンチ監督のデビュー作である。厳密にはホラーではないのかもしれないが、モノクロの不条理な映像は悪夢に魘《うな》されているような怖さがある。鬱《うつ》のときには観ないほうがいい。

「ゴシック」は、詩人バイロン邸の一夜を描いた、ケン・ラッセル監督の名作である。フュースリの絵を再現したような映像は、美と恐怖が紙一重であるのを感じさせる。

■ローズマリーの赤ちゃん

発売元：パラマウント ジャパン
価格：¥1500（税込）
ハッピーザベスト！ 発売中

「バーニング」は、子どもたちのいたずらで全身に火傷《やけど》を負った男が「巨大な剪定《せんてい》バサミ」を持って、ひとびとを襲う。八〇年代に頻出した「13日の金曜日」のエピゴーネンだが、ハサミという武器が妙に怖い。

「血のバレンタイン」はカナダ製のホラー映画で、ツルハシを持った炭鉱夫が殺戮《さつりく》を繰りかえす。ベタな展開だが、殺戮シーンはかなり残酷で、ビデオではカットされているらしい。

「バスケットケース」は、シャム双生児の兄弟が、自分たちを手術で切り離した医者に復讐を果たすが——というカルトホラーである。ほとんど首だけに近い姿だが怪力の兄を、弟はバスケットケースに入れて持ち運ぶ。馬鹿馬鹿しいのに、なぜか後味は悪い。

おなじ双生児もので、デ・パルマの出世作「悪魔のシスター」は、ストーリーの記憶はおぼろだが、双生児を切り離す手術のシーンが衝撃的である。

逆に人体をくっつけて人造人間を作る、ウォーホル監修の「悪魔のはらわた」は公開時に観たくてたまらなかったものの、当時は小学生とあって小遣いが足りなかった。

ビデオ化されてようやく観たが、ホラーに慣れた眼には地味で、やはり小学生の自分に観せてやりたかった。

「ブレインデッド」は荒唐無稽なストーリーで、怖いというよりはコミカルな印象だが、残虐さと流血の量に関しては群を抜いている。巨大な芝刈り機を抱えた主人公が、大量のゾンビを粉砕するラストは圧巻である。

「柔らかい殻」は、幼い頃の悪夢というべき映像が鮮烈である。蛙の腹が破裂する冒頭のシーンは、一度観たら脳裏に灼《や》きつくだろう。

「シェラ・デ・コブレの幽霊」は、一九五九年製作のアメリカ映画で、監督・脚本のジョセフ・ステファノはヒッチコックの「サイコ」の脚本も書いている。

一部ではもっとも怖いホラー映画といわれているが、わたしが幼い頃に日曜洋画劇場で放映されたきり、いまだに劇場公開もビデオ化もされていない。その一度きりの放映を観たはずだと思うものの、ほんとうに観たのかどうか記憶があいまいである。

けれども後年、レビューを読むと既視感があって、鳥肌が立ってくる。内容をおぼえていないのに、あるいは観たかどうかもわからないのに怖いとは、恐るべき映画である。


ここで一本、番外を紹介する。

一九九九年製作のアメリカ映画「デッド・レイン」である。主演はクリストファー・ウォーケンで、共演はシンディ・ローパー、製作総指揮は「羊たちの沈黙」のジョナサン・デミとくれば、それなりの内容を期待しないわけがない。

実際、ほかのビデオで観た予告編では、いかにも渋いサスペンス映画という雰囲気だった。ところが蓋を開けてみると、サスペンスもなければアクションもない。

かつて金庫破りだった男の呑気な日常という感じで、唯一のアクションといえば、クリストファー・ウォーケンが誰かを一発殴ったか、殴られたかしただけである。

ひとはひとりも死なないのに、なにが「デッド」で、雨も降らないのに、なにが「レイン」なのか。よく見ると、原題は「Opportunists」で、和訳すると「日和見主義者」である。「日和見主義者」が、どこをどうまちがえたら「デッド・レイン」になるのか。

映画自体は怖くもなんともないが、これをサスペンスとして売ろうとする商魂が怖い。

二〇〇七年、イギリスの音楽・書籍小売り大手のＨＭＶが、六千五百人を対象に「もっとも怖い映画はなにか」というオンライン調査を実施した。その結果は、以下のとおりである。

一位「エクソシスト」
二位「シャイニング」
三位「ハロウィン」
四位「エルム街の悪夢」
五位「リング」
六位「悪魔のいけにえ」

七位「オーメン」
八位「ＩＴ（イット）」
九位「ヘル・レイザー」
十位「ホステル」

あの「リング」がランクインしているのは、ジャパニーズホラーの面目躍如たるものがあるが、目新しいのはタランティーノ総指揮の「ホステル」くらいで、あとは、もはや古典に近い作品が名を連ねている。怖いホラー映画を作るのは、それだけむずかしいのだろう。

国産のホラー映画も、もっと印象深いものがあったような気がするわりに思いだせない。冒頭にあげたもののほかでは、「地獄（中川信夫監督）」「怪談」「ギニーピッグ（悪魔の実験／血肉の華）」「女優霊」「降霊」「呪怨」といったところである。「地獄」は神代辰巳監督の作品も世評高いが、残念ながら未見である。

二〇〇七年オリコンがおこなった「最も怖いジャパニーズホラー映画は？」という調査では、次のような結果がでている。

一位「リングシリーズ」

二位「着信アリシリーズ」
三位「呪怨シリーズ」
四位「仄暗い水の底から」
五位「ほんとうにあった怖い話シリーズ」
六位「学校の怪談シリーズ」
七位「感染」
八位「死国」
九位「稲川淳二シリーズ」
十位「黒い家」

「××シリーズ」というのが気に喰わないし、稲川さんはトークであって映画ではないような気もするが、一般的なアンケートでは、こんなものかもしれない。

けれども邦画は、ホラーのくくりでないものに、怖い映画がたくさんある。

たとえば、勅使河原宏《てしがわらひろし》監督の「砂の女」である。

とある砂丘へ昆虫採集にきた教師の男は、帰りのバスに乗り遅れ、村人の紹介で一軒のみすぼらしい家に泊めてもらう。

その家は、女のひとり住まいで、周囲を砂の崖に囲まれた穴の底にあり、外部との出入りには縄梯子を使う。女は、押し寄せる砂で、家が埋もれてしまうといって、夜中に砂をかき集めている。集めた砂は、村人が穴の上からバケツかなにかで引きあげる。女によれば、夫と子どもも砂に埋もれて死んだという。妙な女だと男は首をかしげるが、翌朝、家をでようとすると、縄梯子が消えていた。

男は、蟻地獄のような家から脱出しようと試みるが――。

筋だけ書いても、怖さが伝わらないのがもどかしいが、女に扮する岸田今日子の絶妙な演技と、モノクロの画面が異様な緊迫感を生み出している。

ちなみに本作は、原作者である安部公房が脚本も手がけている。

深作欣二監督の「仁義の墓場」も怖い映画である。

監督とタイトルでわかるとおり、東映の純然たるやくざ映画だが、渡哲也扮する石川力夫というやくざが、ものすごく怖い。

敵も殺すが味方も殺す、しまいには自分の兄弟分や親分まで殺してしまうのだから、やくざというより殺戮マシーンである。そんな調子だから、何度も瀕死の重傷を負わされたあげく、覚醒剤中毒で廃人同様にもなるが、異様な生命力で蘇《よみがえ》り、また殺戮を繰りかえす。

その鬼気迫る姿は、ゾンビやブギーマンも顔色なからしめる。映画の後半では、みずからの命を絶とうとするが死にきれず、自殺した妻の骨を齧りながら、さんざん迷惑を

■仁義の墓場

発売元：東映ビデオ
販売元：東映
価格：¥4725（税込）

かけた親分たちのもとへ、自分の墓を建てる金をせびりにいく。

主人公の狂気と、スプラッター映画にも劣らぬ残虐なシーンは、凡百のホラー映画ではおよびもつかない恐怖を生みだしている。

しかも主人公の石川力夫は実在の人物で、映画とほぼ同様の生涯を送っている。彼が独房の壁に遺《のこ》した辞世の句は「大笑い三十年の馬鹿騒ぎ」であった。


最後に、とっておきの怖い邦画を紹介する。

野村芳太郎監督の「震える舌」である。

この映画が封切られたのは一九八〇年だから、わたしが十八歳のときである。公開当時、映画館には足を運ばなかったが、不気味なタイトルと、「彼女はその朝、悪魔と旅に出た」という広告のコピーが印象に残った。

数年後、その頃できたばかりのレンタルビデオ店で「震える舌」のビデオを見つけた。気になっていた映画とあって、さっそく借りたが、冒頭を観て落胆した。

てっきり心霊がらみのホラーだと思っていたのに、そんな気配がなかったからである。

渡瀬恒彦と十朱幸代が演じる平凡な夫婦のひとり娘が、ある日、奇妙な発作に見舞われる。あわてて病院へ連れていくと、破傷風と診断される。それから家族の闘病生活がはじまるという、至って単純なストーリーである。

ところが、これがものすごく怖かった。

なにが怖いといって、娘役の女の子が怖い。黒目がちの日本的な顔だちの少女が、発作のたびに血まみれの歯を喰いしばって苦悶するさまは、正視に堪えない。

ちょっとした音や光で発作を起こす娘の看病で、両親は疲れ果て、夫婦の危機も到来するが、単なる闘病ものの映画とちがって、お涙ちょうだいの展開にはならない。

この映画がもたらすのは感動ではなく、一貫して恐怖である。悪魔を病魔に置きかえれば、まさしく日本版エクソシストで、少々あっけないラストは気になるものの、怖さにおいては本家を凌駕している。

インターネットで検索してみると、本作は過去にテレビでも放映されたそうで、トラウマになったという書きこみがたくさんでてくる。さもありなんと思うが、それにしても監督はなにを意図して、この映画を作ったのだろうか。

怖い広告

怖い広告といえば、なにが思い浮かぶだろう。

眼と耳に訴えるという点で、もっともインパクトが強いのは、テレビCMである。

怖いCMをキーワードにネットで調べてみると、どこのサイトも似たようなものをあげているが、その筆頭といってもいいのがAC、つまり公共広告機構のCMである。

なかでも一九九四年にオンエアされたワクチン募金のCMは、痩せ衰えた子どもの映像とバックに流れる歌の不気味さから、もっとも怖いCMという意見も多い。ネット上では、バックの歌のフレーズから「あよね」の通称で呼ばれているという。

もともとACのCMには、怖いものが多い。連れ去り事件に注意をうながすCMでは、シマウマの群れがなぜか路上を歩いていたり、命の大切さを訴えるCMでは、さびしげな女性の顔が延々と大写しになっていたりする。

最近のものでは、親子のコミュニケーションを問いかけるCMで、リングのなかにいる子どもを両親が叱咤《しった》するのがあるが、これもどことなく怖い。しかしこの手のCMは、まず視聴者の印象に残るのが重要だから、その意味ではどれも成功といえるだろう。

ACの「あよね」に次いで眼につくのは、一九八四年に製作された政府広報である。覚醒剤撲滅を呼びかけるCMだが、これもネット上の通称があって「キッチンマザー」と呼ばれている。覚醒剤を注射する母親の隣で女の子が泣き叫ぶという陰惨な映像は、いま見てもかなり衝撃的である。

九〇年代はじめにオンエアされたフジテレビの「JUNGLE」という自社CMもあちこちで話題になっている。「JUNGLE」にはふたつのバージョンがあって、ひとつはエイズを、もうひとつは核兵器の恐怖をイメージしたものらしいが、正確な意図ははっきりしない。

そのせいで、サブリミナル効果があるだの、差別目的で作られただの、都市伝説的な憶測を呼んでいる。このCMは未見だったが、ネットにアップされた動画を見ると、たしかに不気味である。深夜枠でのオンエアだったようだが、リアルタイムで見たら肝を潰しただろう。

八〇年代中頃に某電器メーカーが石油ファンヒーターの回収を呼びかけたCMも、相当に怖いという。これも未見だが、静止画像ばかりの構成と緊迫したナレーションが怖さの理由らしい。製品の欠陥が原因で、実際に死者がでているのも恐怖に拍車をかけている。

ネットの情報によれば、右にあげた「あよね」「キッチンマザー」「ＪＵＮＧＬＥ」「石油ファンヒーター回収ＣＭ」の四つは「日本四大恐怖ＣＭ」とか「怖いＣＭ四天王」と呼ばれているという。

この「四天王」に負けず劣らず怖いとされているのが、クリネックスティシューのＣＭである。このＣＭには七〇年代にオンエアされたものと、八〇年代にオンエアされたものの二種類がある。

前者は赤鬼に扮した子どもと女優、後者は天使に扮した子どもの映像だが、どちらも不気味なイメージのみで、制作意図がわからない。

となると都市伝説化するのはお約束で、出演した子どもが急死しただの、制作スタッフに事故が相次いだだの、ＢＧＭに用いられたのは呪われた歌だっただの、さまざまな噂が飛びかった。しまいには、このＣＭを見たら死ぬとまでいわれたが、どれも根拠はなさそうである。

おなじく制作意図がわからないものでは、リーバイスのＣＭが印象に残っている。字幕がついていたから海外むけのＣＭだろうが、数人の登場人物が宇宙人について喋るだけという不可解なものだった。ずいぶん前に、UFOがらみの特番で紹介されたと思う。

制作意図はわからなくもないが、異様な印象を残すのが、淡路島の某観光ホテルのCMである。CMは、まず鳴門の渦潮からはじまる。続いて活け造りの鯛が、ぴちぴち跳ねている映像と、これも鯛らしい料理の映像が続く。

問題はそのあとである。

宴会場とおぼしきステージで、座頭市が仕込み杖を振りまわしている。

なぜ座頭市が、と眼を疑うひまもなく、今度は客たちがいる座敷を、座頭市が仕込み杖をついて、とぼとぼと歩いている。これらの映像にかぶって、女性のナレーションが流れる。

「座頭市のそっくりさんの迫真の演技も楽しめます」

「なんだ、そっくりさんか」

と、いったんは安堵《あんど》するが、そういう問題ではない。

のんびり風呂に浸かったあと、座敷で鯛の活け造りをつついていると、座頭市が入ってくるのである。これほど不条理な体験は、そうそうできるものではない。

このCMを見たのは、ローカルなCMを集めたバラエティ番組で、座頭市のそっくりさんは、ホテルの社長ということだった。

現在はオンエアしていない模様なのが残念である。

見た目の迫力ではテレビCMに劣るが、内容の怖さでいえば、雑誌広告やチラシに代表される紙媒体がいちばんだろう。そのへんの週刊誌や漫画雑誌を開けば、テレビでは放送できない、いかがわしい広告がずらりとならんでいる。

美容整形やダイエット、髪の悩みや性的な悩みといったコンプレックス産業の広告である。これらは一般的な訴求効果と同時に、常に劣等感を意識させて、需要を喚起するという効果も持っている。つまり悩みの解決をうたいながら、悩みを助長するのである。

たとえば髪の毛が薄いという悩みは、江戸時代にはなかったはずである。

老いも若きも、みな月代《さかやき》を剃るのだから、髪が濃いも薄いもない。髷《まげ》が結えないほどだと、さすがに問題かもしれないが、そこまでいかなければ、むしろ剃る手間が省けて楽だったにちがいない。

それが現在のような状況になったのは、明治になって西洋式のヘアスタイルを取り入れたのと、育毛剤だの植毛だのカツラだのといった広告が原因である。むろん悩みを持つひとがいたから、そうした産業が発展したのだろうが、それらを広告することによって、髪が薄いのは悩むべきことだという認識が広まる。

こうした現象が何度となく繰りかえされて、いまや若い男たちは油取り紙で顔をはたき、鏡を覗きこんでむだ毛を抜き、腋《わき》に消臭スプレーを振りかける。そうするのが正常だと思いこまされたのである。

コンプレックス産業というと軀の悩みを連想するが、劣等感を抱くという意味では「不運」も立派なコンプレックスである。

「不運」というのは極めて主観的だが、自分は「幸運」だと思う人間は少数だろうから、ビジネスの対象は広い。恋愛をはじめとする人間関係、病気や貧乏に至るまで、なんでもありである。

そこへつけこむのが怪しげな宗教や開運グッズ、オカルトグッズのたぐいである。怪しげな宗教のほうはバッシングを恐れてか、あまり露骨な広告は見ないが、開運グッズやオカルトグッズはＪＡＲＯ（日本広告審査機構）も真っ青の広告を打ちまくっている。

開運グッズの多くは、見るからに安物のアクセサリーや財布、絵画や美術品である。広告には判で押したように、もっともらしい商品の由来と、実在の疑わしい購入者や科学者の証言が掲載されている。

仰々しい内容のわりに価格はたいてい一万円ちょっとで、いかにも衝動買いしそうな金額だが、仕入値からすれば法外な掛け率だろう。

けれども、いかがわしいのも度がすぎると、妙な魅力が生じてくるから恐ろしい。

肝心なことはぼかしつつ、いかにリアリティをだすかが、この種の広告の基本だが、そのうさん臭さは怪談や都市伝説に通じるところがある。馬鹿馬鹿しいのを承知で、つい読みふけってしまうのは、それが原因かもしれない。

個人的に気にいっているのは、数年前になにかの雑誌で見た、トルマリンを使ったキーホルダーの広告である。

記事によれば、このキーホルダーの素材であるトルマリンは、ネパールのダウラギリ山脈で「命がけ」で採掘したという。誰も頼んでないのに「命がけ」というのが恩着せがましくていいが、いちばんの見どころはメインの体験談である。

おおまかに内容を紹介すると、アフリカ中西部ニジェールに住む二十五歳の青年ナジャ氏は、ある日、砂漠で死にかけていたアメリカ人を助けたお礼として、このトルマリンキーホルダーをもらう。命を助けてもらったにしては、ずいぶんしけたお礼のようだが、これが大変な幸運をもたらした。

翌日、井戸掘りをしたナジャ氏は金脈を発見して、一夜にして巨万の富を得た。

この報告を受けた販売元のスタッフが現地に飛ぶと、そこで見たものは、武装した施設軍隊（原文ママ）百余名、メイド二十五名、料理人十五名、庭師八名を擁し、「ニジェール国の三大美女」を妻に持つナジャ氏の姿であった。彼の住まいは、さながら砂漠にそびえるベルサイユ宮殿であったという。

「ニジェール国の三大美女」も気になるが、ナジャ氏にキーホルダーをくれたアメリカ人は、そんな幸運のアイテムを持ちながら、砂漠で死にかけていたのも気になる。

けれども、そんな些事《さじ》に拘泥しているひまはない。

あの世界的スーパースター「ティナー」や、あのスーパーモデル「ステファニー」も愛用とか、このキーホルダーのトルマリンは生命エネルギーを放射しているという学者のコメントとか、読みごたえのある記事がてんこ盛りである。

この手の広告を見る際には、あの世界的スーパースター「ティナー」とは誰か、などと野暮なことを詮索《せんさく》してはいけない。もはや誇大広告を突き抜けて、ファンタジーに昇華した世界を楽しむのが正しい姿勢である。

ファンタジーといえば、オカルト系の雑誌には、もっとすごい広告が載っている。

一例をあげると「部分軌道爆撃系人工精霊」という商品は、見た目は空のガラス瓶である。

しかし、このガラス瓶には「人工精霊」が入っていて、儀式による命令一下、標的へむかって飛んでいくという。標的にむかって飛んでいって、なにをするのかは知らない。

広告には「大陸間射程を実現」とあるが、まるでＩＣＢＭ（大陸間弾道ミサイル）である。

ふつうに考えれば、まともに信じる人間はいそうもないが、こうした商品の広告はあいかわらず雑誌をにぎわしているから、需要があるのはたしかである。

もっとも、鰯《いわし》の頭も信心からという。幸運が舞いこんだと思うのも、精霊が飛んでいったと思うのも購入者の勝手だから、効果がないとはいいきれない。

そういう意味で怖いのは、パチンコやパチスロの攻略法の広告である。これらは、いくら信じても結果がともなわないのが恐ろしい。

パチンコやパチスロの攻略法が存在しないわけではない。機種によってはまれに見つかるが、パチンコ情報誌やネットに掲載されたときは、すでに対策ずみの場合がほとんどである。

だいたい、なんの攻略法にしろ、それがあるなら自分で稼いだほうが早い。でかでかと広告している時点で、効果がないに決まっている。

けれども被害者はあとを絶たないようで、訴訟沙汰になるのも珍しくない。攻略法を販売する側の手口としては、広告を見て問合せた客に、法外な入会金や会費を請求したうえで、攻略法を販売するケースが多い。

攻略法の中身はというと、パチンコの場合はこんな調子である。

1　デモ画面をだして単発打ち。
2　左のデジタルに7がでたら上皿から玉を抜いて、デモ画面にもどす。
3　単発打ちで右のデジタルに8がでたら、ふつうに打つ。
4　以降100回転させて大当たりしない場合は、1からやりなおし。

パチンコをしない読者には意味不明だろうが、意味がわかったところで、なんの役にもたたないので解説はしない。ただ、やたらと面倒な手順なのは、おわかりいただけると思う。

この面倒な手順が重要で、攻略がうまくいかないのは、自分が手順をまちがえたせいだと思わせる仕組みになっている。

こうした攻略法は、業者が適当に書いているだけで、なんの根拠もない。したがって攻略が成功するはずがないが、何度もやっていれば、たまたま大当たりする場合もあるから、それで信じてしまう客もいる。つまり容易に効果が確認できないところにつけこんだ、まったくの詐欺である。

こんな攻略法を何十万円もだして買う客にも大いに問題があるが、そもそもパチンコやパチスロ自体が違法にもかかわらず黙認されているのだから、あれこれいっても仕方がない。

どうせでたらめな攻略法なら、いっそこんな内容はどうだろう。

1　デモ画面をだしたら、家に帰って掃除。
2　掃除を終えたら、両親の肩揉みをして、２キロのランニング。
3　食事の買出しをしてから、洗濯か窓拭き。
4　店にもどって、１００回転させても大当たりしない場合は、１からやりなおし。

怖い広告【その2】

先日、自宅の前にある電信柱に、白い紙が貼られていた。黒々とした大きな文字で「ゆうし」と書かれている。「ゆうし」とはなにかと思ったら、下に携帯電話の番号があるので合点がいった。「ゆうし」は「融資」で、つまり090金融の広告である。

よく見れば「ゆうし」のあとに、ちいさく「3万」と書いてある。自宅の前に広告するということは、わたしをあてこんでいる気がしなくもないが、三万円しか貸してくれないのでは話にならない。

もっとも、090金融は十日で三割のトサン、十日で五割のトゴ、十日で七割のトナナといった高利だから、三万の借入れでも馬鹿にできない。

トナナの場合、三万円借りて利息だけ返済したとすると、十日ごとに二万一千円、ひと月だと六万三千円、年間で七十五万六千円を支払う計算になる。一日でも延滞したら複利で計算するから、何か月か放っておくと、借金はとてつもない金額に膨れあがる。三万円借りただけで、家一軒とられたって不思議はないが、それに近い事件も実際に起きている。

０９０金融はその名のとおり、携帯電話だけで商売する闇金融で、貸金業免許もなければ契約書もない。融資の際に必要なのは、自宅や職場、家族や親戚などの連絡先だけである。

返済が滞ると、片っぱしから脅迫まがいの電話をして、埒《らち》があかなければ取立てにいく。むろん完全な違法だから、警察にいえばそれまでだが、暴力団関係者を匂わすのが彼らの手口で、面倒を恐れて支払いをする者が多い。

融資の限度額がたいてい五万円程度なのは、資本がないせいもあるが、最悪でも元本くらいは誰かが払うと計算しているからだ。万一焦げついても打撃を受けないよう、リスクを分散する意味もある。

「ゆうし」と平仮名で書いてあるのは「融資」が読めない者への配慮だろう。そんな人物に貸すくらいだから、ブラックリストであろうが自己破産者であろうが融資を厭《いと》わない。それだけ回収に自信を持っているのである。

それにしても「ゆうし」と携帯の番号だけというのは、シンプルな広告の見本である。金に窮しているひとは、これだけでわかるが、わたしもわかるのが怖い。

金融がらみの広告でも、スポーツ新聞や雑誌に載っているのは、ごてごてしたものが多い。「電話１本で１００万円まで即融資！」だの「来店不要、全国どこでもＯＫ」だの「審査なし、ブラック歓迎」だの、威勢のいいコピーがぎっしりならんでいる。

貸すのはいいが、どうやって回収するのか疑問に思えるが、なんのことはない。これらの多くは紹介屋である。紹介屋とは、自分とはなんの関わりもない金融業者を適当に紹介して、手数料を取る商売である。

簡単にいえば、広告を見て電話してきた客に希望額を訊くと、「うちはきびしいけど、ここなら貸してくれるから」といって、客がいる地域で審査の甘そうな金融を紹介する。前もって話をつけてあると紹介屋はいうが、実際にはただ電話帳で調べただけだ。

そうと知らない客は、指示された金融へいく。

そこで首尾よく借入れできれば「ほら、いったとおりだろう」と、借入れ額の二割から三割といった法外な手数料を請求する。もし借入れができなければ、べつのところを紹介する。

どこもだめなら「あんたは無理」で終わりだし、自分が貸すわけではないから、あとで焦げついたところで痛くもかゆくもない。

紹介屋は０９０金融にくらべてリスクがすくないが、広告費がかかるのが弱点である。

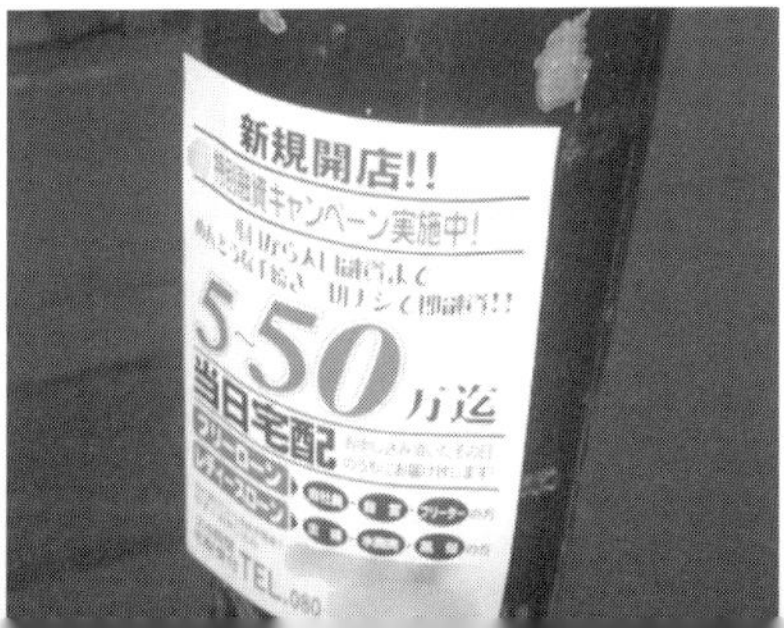

いかがわしい媒体ほど広告費で持っているのが多いから、悪質な広告と知りつつ、見て見ぬふりをする。したがって、記事のほかは怪しい広告だらけになる。

しかし広告に頼らず、記事だけで荒稼ぎをする雑誌もある。

わたしは二十代のなかばから十年ほど、デザイナーとコピーライターを兼ねていた。つまり広告を作る側の人間だったのだが、最初に勤めたデザイン事務所で、こんなことがあった。

ある日、経済誌の記者を名乗る男性から電話がかかってきた。

用件は取材の申し込みで、近年成長いちじるしい御社へ、ぜひインタビューにうかがいたいという。べつに成長いちじるしい会社ではなかったが、そういわれて厭がる経営者はいない。しかもインタビュアーは、ボクシングの元世界チャンピオンである某氏だという。

なぜ元世界チャンピオンが田舎のデザイン事務所にインタビューへくるのかわからないが、社長は一も二もなく承諾した。

数日後、元世界チャンピオン氏が記者とカメラマンをともなって、事務所へやってきた。おおわらわで歓待する社長をよそに、インタビューは十五分足らずで終わった。

話の内容もお粗末で、元世界チャンピオン氏はわたしの勤務先に対して、なんの予備知識も持っていない様子だった。最後に元世界チャンピオン氏と社長が握手した写真を撮って、取材は終わった。

後日、掲載誌が完成したと記者から連絡があって、ついては本の実費と協賛金として五万円を振り込んでくれという。その段階でわかりそうなものだが、社長は懲りずに金を払った。

やがて送られてきた本は、隅から隅までインタビュー記事で埋まっていた。

インタビュアーは、元世界チャンピオン氏のように知名度はあるが、いまひとつ売れていない芸能人ばかりである。

大昔に空手アクションで売った俳優、かつて長寿を誇ったバラエティ番組の司会者、有名野球選手の息子といった連中が、入れかわり立ちかわり中小企業の経営者と対談している。

インタビュアーの服はどの記事でもおなじだったから、一日でまわれるだけの会社をまわったのだろう。芸能人を使っても、一日の拘束ならたいしたギャラではない。

わたしがいた会社の記事はいちばんちいさな枠で、あれで五万円なら、ほかは十万二十万払っているだろう。そんな記事だけで成り立つのだから、いい商売である。

取材したあとで金を請求するのは、紳士録詐欺に似た手口だが、違法ではない。正確にいえば、広告に頼っていないのではなくて、記事そのものが広告なのである。

似たような広告は、町中にもある。

商売の邪魔をする気はないので仮名にするが、地元を歩いていると「××味の100選店」という派手な看板をあちこちで見かける。

この看板を掲げているのは、ラーメン屋であったり、食堂であったり、居酒屋であったりとさまざまだが、要するに食べもの屋である。

この看板はかなり以前からあって、はじめはなにかのコンテストで選ばれたのだろうと思っていた。そのわりに数が増えているのが気になったが、特に理由を考えることもなかった。

けれどもある日、この看板のある店で食べたら、とんでもなくまずかった。どうしてこんな店が「100選」なのかと、しげしげと看板を眺めたら、妙なことに気がついた。

看板には地図をかたどったイラストと「××味の100選店」の文字がある。

ところが「100選」を選んだ団体なり企業なりの名前がどこにもない。テレビか雑誌でそういう企画があったのなら、番組か雑誌の名前くらいは載せるはずだし、一度きりの企画にしては、いまも看板が増えているのがおかしい。

そこで、いったい誰が選んでいるのかと疑問が湧いた。

疑問を解決するのは簡単である。看板のある店で訊けばよいのだが、なんとなく触れてはいけないことのようでためらわれる。

数年前にインターネットで検索したときは、看板の文字をキーワードにして十数件しかヒットしなかった。それも店のコメントばかりである。

たとえば「新鮮な海の幸を使った料理は『××味100選』に選ばれた折紙つきの味です」とか「『××味100選』に選ばれ、和食部門で100店に仲間入りしました」とか「『××味100選』にも選ばれた名店中の名店です」といった調子である。

それでもしつこく検索していると、とうとう「100選」を選んだ団体を発見した。仮に「全国××友の会」としておくが、ホームページにアクセスしても、当時は「Not Found」としか表示されなかった。

最近になって「全国××友の会」で検索したら、ヒット数は九十八件だった。

今度はどうにかホームページにたどり着いたが、加盟店を検索すると、わたしの地元だけで二百店以上もある。

けれども、以前検索したコメントに「和食部門」とあるから、たぶん「洋食部門」や「中華部門」や「カレー部門」があって、それぞれに「100選」があるのだろう。

いや、そうにちがいない。繰りかえしになるが、この団体や加盟店に対して、誹謗《ひぼう》中傷の意図はまったくない。世間には、頭のいいひとがいると思うだけである。

ところで、わたしにとって切実なのは、本の広告である。

わたしのように知名度のない作家でも、新刊がでたときには新聞や雑誌にいくらか広告が載る。けれども一日あたりの出版点数が二百冊を超える現代では、少々広告しても売れゆきに変化はない。そこで本自体に訴求力を持たせる必要がでてくる。

いかに書店の店頭で、ひとの眼をひくかを考えねばならない。装丁や帯のコピーも重要だが、なんといってもタイトルが勝負である。

近年のベストセラーを見てみると『バカの壁』『国家の品格』『話を聞かない男、地図が読めない女』『頭がいい人、悪い人の話し方』『下流社会』『さおだけ屋はなぜ潰れないのか？』『人は見た目が9割』『上司は思いつきでものを言う』『いつまでもデブと思うなよ』『となりのクレーマー』といった感じで、どれもタイトルにインパクトがある。『女性の品格』とか『人は「話し方」で9割変わる』とか『潰れないのはさおだけ屋だけじゃなかった』とか、二匹目のドジョウ路線も好調らしい。

ならば、こっちもタイトル勝負といきたいところだが、元コピーライターのくせに自著のタイトルを考えるのは苦手である。内容が地味なのにタイトルだけ派手にするのをためらう部分もあるし、本名だから気恥ずかしいのもある。

いっそ本名をやめてペンネームにしたいのだが、どこの担当者も首を縦に振らない。

ペンネームを変えたところで、どうせ売上げはあがらないと思うからだろうが、あなどってはいけない。これでも元は広告屋のはしくれである。ただ本を売ればいいのなら、ペンネームだけでも売る自信はある。

タイトルは、そのとき売れている本の二番煎じですませるとして、「ハリー・ポッターをはるかに超えた驚異のミリオンセラー。全世界30億部突破！　アマゾン・紀伊國屋書店100週連続1位！」というペンネームはどうだろう。これを表紙いっぱいに刷る。あくまでペンネームであって、誇大広告ではないといい張れるかどうかが問題だが、どう転んでも話題になるのはまちがいない。

帯のコピーは、いささか古典的な手口ながら「スティーブン・キソグ絶賛！」でもいいし「ジョージ・ブッツュ号泣！」でも「バラク・オパマ爆笑！」でもいい。誰かと訊かれれば、知りあいの外国人だと答える。

著者近影にはジャニーズ系の若い男の写真を使って、経歴は東大とMITを首席で卒業といった景気のいいものにする。なにカバーの裏あたりに1ポイントくらいの文字で「写真と経歴はイメージです」と書いておけば問題はない。

というようなことを幻冬舎の担当であるCさんにいうと、口元は笑っていたが、眼は笑っていなかったのが怖い。

怖い自殺

われながら妙なタイトルで、怖くない自殺があるのかといわれると返答に窮す。いうまでもなく、どんな方法であろうと死ぬのは怖い。けれども、こんな自殺はしたくないという程度の差はあるだろう。

警察庁発表のデータによれば、一九九八年からの自殺者数は毎年三万人を超えて、一日に百人近くの人間が自殺している。年間三万人といえば、ほとんど戦争なみだが、メディアはたいして話題にしない。

そのくせ政治家が小銭をくすねただの、愛人がいただのといった些事には、鬼の首をとったごとく大騒ぎをする。なぜそうなるかといえば、政治家のスキャンダルには商品価値があるが、庶民の自殺にはそれがないからである。

みずから命を絶つというのは、決して好ましい死にかたではない。

けれども現代にあっては、誰もが自殺せざるを得ない状況に追いこまれる可能性がある。子どものあいだはいじめの脅威にさらされるし、成人してからは経済格差や高齢化社会が待っている。

年収二百万円以下の人口が一千万人を超える時代とあって、借金や貧困が原因の自殺は、あとを絶たない。わたしのようなもの書き稼業はそうした候補の筆頭で、いつ収入を失っても不思議はない。それでもどうにか平気なのは、もともと貧乏だからで、わたしなどより、はるかに恵まれた状況なのに自殺するひともいる。

セレブだなんだと浮かれている連中にしたって、一寸先は闇である。禍福はあざなえる縄のごとしで、いいことばかりは続かない。下手に金を持っていたぶん、貧乏になったときのショックは大きいだろう。

ことに老いてからの貧乏は悲惨である。若さと健康ばかりをもてはやす現代において、金がない老人は単なる邪魔者である。子や孫に面倒をみてもらえない老人は施設に入るほかないし、そこにも入る余裕がなければ、ホームレスか孤独死が待っている。

自殺者の年齢でもっとも多いのが、定年にさしかかる五十代後半という事実を見ても、いかに老後を悲観するひとが多いかわかるだろう。

また金はあっても病によって、生きる気力を失う場合も多い。けれども、ひたすら延命を旨とする現代の医療は、簡単には患者を死なせてくれない。

回復の見込みが皆無であろうと、延々とリハビリをやらされ、寝たきりになっても管だらけにされて生かされる。

わたしの血縁は、母方の祖父をのぞいて、ほとんどが癌で死んでいる。母は膵臓癌で逝ったし、父は存命だが、胃癌で胃の三分の二を摘出する手術を受けている。

そういう家系にもかかわらず、わたしは七年前に絶食絶飲で即入院といわれてから、いっさい病院へいかない無精者である。しかも若い頃から不摂生の塊だから、遠からず癌かそれに匹敵する病を得る可能性は極めて高い。あるいはすでに病んでいるが、病院へいかないせいで、それに気づいていないのかもしれない。

いずれにせよ、祖父母や母が癌で逝くのを見てきただけに、病院で死ぬのはごめんである。胃カメラ程度でめまいがするから検査には耐えられないし、手術に至っては論外である。

母は入院してしばらくは抗癌剤や放射線による治療を受けていたが、治る見込みがないとみて、途中からいっさいの治療を拒んだ。

外出許可がでて、自宅へ帰ると自殺を図った。一度目はガスだったが、現在の都市ガスには一酸化炭素が含まれていないので、少々吸っても死にはしない。二度目は手首を刃物で切ったものの、静脈しか切っていなかったから、失血死には至らなかった。

二度とも無知が幸いしたわけだが、

「もう自殺するのはやめた」

と母は苦笑して、それ以降、自殺を試みることはなかった。

もし、わたしが母のような状況になったら、どうするか。そのときがこないとわからないが、なんとしても現状から離脱するという点で、自殺はポジティブな行為である。決行には強い意志が必要だから、わたしのような怠け者にはむずかしいかもしれない。

一般にもっとも手軽で、苦痛なく死ねるのは縊死《いし》、すなわち首吊りといわれている。首吊りというと、窒息の苦痛をイメージするが、実際には窒息する前に意識はないらしい。

痛みを感じるのは、いうまでもなく脳だが、そこに血液を供給する動脈は、気管の両側にある頸動脈と頸椎骨のなかを走る椎骨動脈のふたつである。他者から首を絞められる絞死の場合は、頸動脈しか圧迫できないので失神に至らず、窒息の苦痛を感じる場合が多い。

しかし首吊りの場合は、紐なり縄なりが、ふたつの動脈を一度に圧迫するため、脳へいく血液を瞬時に遮断できる。したがって苦痛を感じる前に意識を失う。

法医学の権威であった古畑種基氏の『法医学ノート』(中公文庫)によれば、昔のロンドンには「首吊りクラブ」なるものがあって、会員は首を吊っては、仲間におろしてもらうことを繰りかえしていたという。

なんのためにそうするかといえば、会員たちは首吊りの際に性的快感が生じると信じていたのである。性的快感の有無はともかく、そんなクラブができるくらいだから、すくなくとも首を吊るのは苦痛でなかったと推測できる。

同著には、首吊りを見世物にした芸人たちの話もでてくる。

彼らはみずから首を吊り、失神する直前に合図をして、仲間に助けさせるのだが、なかには合図をする前に失神して、そのまま死んでしまった者もいる。

しかし、運よく蘇《そ》生《せい》した者の証言によれば、意識を失うまでのあいだ、軀は動かせないものの、なんら苦痛を感じなかったという。

首吊りは自殺の手段として理想的なようだが、やはり屍体はむごたらしい。大小便は垂れ流しだし、状況によっては目玉や舌が飛びだす。死ぬ前に助けられると、脳に深刻な障害が残りかねないのも難点である。

全米でベストセラーになった『ファイナル・エグジット　安楽死の方法』（デレック・ハンフリー 著／田口俊樹 翻訳／徳間書店）では、もっとも苦痛のない自殺の方法として、睡眠薬とビニール袋の併用を推奨している。

どんな方法かというと、強力な睡眠薬を服用したあと、頭からビニール袋をかぶり、首のところで袋を縛る。つまり睡眠薬で昏睡しているあいだに酸欠で死ぬのである。

しかしこれも途中で発見されれば、なんらかの障害が残りそうだし、個人的にはビニール袋をかぶるのが怖い。もし軀が動かないのに眼が覚めたらと思うと、ぞっとする。

一方、手間はかかるが、苦痛なく死ねる方法としては練炭自殺が有名である。

密閉した部屋や車のなかで練炭を焚《た》き、睡眠薬を呑む。睡眠中に一酸化炭素中毒によって死ぬのが目的である。準備が大変なせいか、心中やインターネットで仲間を募った集団自殺など、複数で実行することが多い。

幼い頃、一酸化炭素中毒になりかけたことがあるが、頭がふわふわするだけで特に苦痛はなかったから、たしかに楽な死にかたなのかもしれない。しかしこの方法も、死に至る前に発見されると、脳に障害をきたす可能性がある。

練炭自殺にかわって流行の兆しをみせたのが、硫化水素による自殺である。

硫化水素は強力な有毒ガスで、トイレ洗浄剤と入浴剤（あるいは石灰硫黄合剤）を混合して作る。練炭自殺より手軽で、死に至るまでの時間が短いとあって、この方法による自殺者が相次いだが、有毒ガスだけに、はた迷惑もはなはだしい。あと片づけも大変だし、家族ふたりが巻き添えになって死亡するという事件も起きている。

高濃度の硫化水素を吸引すれば数呼吸で死亡するというが、時間が短いからといって苦痛がないとはいえない。失敗すれば、首吊りや練炭自殺とおなじく後遺症が残る可能性がある。

自殺志願者のバイブルといわれる『完全自殺マニュアル』（鶴見済 著／太田出版）によれば、飛びおり自殺は痛くないというが、どうも信用できない。

頭から落ちたのなら痛みを感じないかもしれないが、足や尻から落ちたら、一瞬にしても、とんでもない苦痛があるような気がする。

痛みが神経を伝わる速度は、音速程度と意外に遅い。音速は秒速三百四十メートルだから、それ以上のスピードで脳を粉砕すれば、痛みを感じるひまはない。

しかし理屈のうえはそうであっても、粉砕された脳細胞がちらちらと痛みを感じながら飛散するイメージが浮かんでくる。

もっとも、そんな高速で脳を粉砕しなくても、アドレナリンが横溢《おういつ》していたり、突然の衝撃だと痛みを感じない場合がある。喧嘩のあとで怪我や骨折に気づくのはよくある話だし、「怖い都市伝説」で書いたトラック運転手のように、車の窓からだした手が切断されたのに、しばらく気づかなかった例もある。

ごく最近も、バイクに乗っていた男性が中央分離帯に接触して自分の右足がちぎれたのに気づかず、二キロも走っていたという事件があった。

苦痛のすくない自殺の方法としては、ほかにガス自殺と凍死があるが、いまの都市ガスは前述のとおり一酸化炭素を含んでいないので、車から排気ガスをひくしかない。

凍死は楽で屍体も美しいというものの、映画「八甲田山」を思いだすと、すんなり死ねる気がしない。うっかり永久凍土のようなところに入って、イタリアのアルプスで発見された五千年前のミイラ「アイスマン」のように、後世で見世物にされるのも厭である。また寒いのは当然として、凍傷で皮膚組織が壊死《えし》するのもいただけない。

入水《じゆすい》自殺は手軽だが、窒息死だから苦痛が大きい。屍体の発見が遅いと、腐敗ガスで全身が膨張して、いわゆる巨人様化するのがおぞましい。

電車への飛びこみ自殺は苦痛を云々《うんぬん》する前に、屍体の無惨さが言語に絶する。四肢の切断くらいは序の口で、あらゆる臓器を線路にぶちまけて死ぬ。ちぎれた胴体がホームや電車の窓に飛びこんだり、屍体の一部が電車にへばりついて、何百キロも離れた場所まで運ばれたりと壮絶である。むろん失敗すれば眼もあてられないし、山での遭難と同様、莫大な賠償金を請求される恐れがある。

感電による自殺では、一九八一年に中山競馬場のトイレで自殺した中年男性のケースが有名である。この男性は、先端を露出させた電気コードを左胸に貼りつけたのち、もう一方の端を換気扇のコンセントに差しこんで絶命した。「お馬で人生アウト」と、競馬新聞に赤のサインペンで書かれた遺書の文句で話題になった。

感電死は心臓停止がおもな死因だから、苦痛は一瞬に思えるが、必ずしもそうとは限らない。アメリカの電気椅子による死刑では、死刑囚が死にきれずに、何度も電流を流したという記録がある。

痛みもなく、安全確実に死ぬのは至難のわざだが、世間には苦痛を望んでいるとしか思えない方法で自殺するひともいる。

その代表は、なんといっても焼身自殺である。火傷だけでもはなはだしい苦痛なのに、気道も熱傷で焼けただれる。しかも死に至るまでの時間が長いときては最悪である。それを覚悟で実行するのだから、焼身自殺にはメッセージ色の強いものが多い。

ベトナムの僧侶ティック・クアン・ドゥック師は、アメリカの傀儡《かいらい》政権に抗議して焼身自殺を遂げたので有名だが、ワールドカップの際に焼身自殺した韓国人サポーターは、霊魂となって韓国チームを応援するのが目的だったという。

焼身自殺に負けず劣らず苦しそうなのが、割腹自殺、つまり切腹である。介錯《かいしゃく》する者がいればまだましだが、ひとりの場合はなかなか死ねない。腸が露出するほど切っても、ショック死しない限りは直接の死因にならないし、腹部には太い血管がないから、失血死するにも時間がかかる。

神風特攻隊の生みの親とされる大西瀧治郎中将は、敗戦の翌日に割腹したが、特攻で死んでいった隊員たちに詫びるのを理由に、治療も介錯も拒み、十時間以上も苦しんだのちに逝ったという。

なにか訴えたいものがあれば、あえて苦しい方法を選択するのも理解できるが、まったく理解不能な方法で自殺するひともいる。

『図解　検死解剖マニュアル』(佐久間哲　著/同文書院)によると、ある人物はチェーンソーで自分の胸腹部を切り、臓器を損傷して自殺した。映画「悪魔のいけにえ」のレザーフェイスも真っ青の死にかたである。

またある人物は、熱帯魚用のエアポンプのチューブに注射針をつけたものを腕に刺し、静脈に空気を送りこみ、空気栓塞《せんそく》で死亡したという。わたしは以前、点滴の管に入った空気が腕に近づいてくるのに恐怖して、病院内を駆けずりまわった経験がある。そういう人間には、とうていまねのできない自殺法である。

またある人物は、柄に重しをつけた匕首《あいくち》を、鴨居《かもい》に通した釣り糸でぶらさげてから、匕首が胸に命中するよう、鴨居の下に横たわり、鋏《はさみ》で釣り糸を切った。結果、匕首はめでたく胸に突き刺さり、失血死を遂げた。そんな面倒な仕掛けを作るより、自分で刺したほうが早いに決まっているが、直接手をくだすのが怖かったのかもしれない。

似たようなケースは最近もあって、二〇〇七年の七月に愛知県で、六十歳くらいの男性が自分の首を切断している。現場の状況からすると、その男性はロープを道路脇の木に結びつけてから車に乗りこみ、助手席の窓からロープの端をひきこんで、自分の首に巻きつけた。そのあと車を急発進させた衝撃で首が切断されたらしい。

単に首を絞めるつもりが勢いあまったのかと思えるが、それから二週間も経たないうちに三重県で、四十代くらいの男性が同様の手口で、自分の首を切断している。

この事件の場合は、あきらかに愛知県の例を模倣しているから、縊死の変形ではなく「頭部を切断したかった」としか思えない。手製のギロチンで自分の首を切り落とした人物の話は聞いたことがあるが、どのような心境でそうなるのかはわからない。

ちなみに、わたしが考える究極の自殺法は、次のようなものである。

真冬の青木ヶ原樹海の奥地に大きめのテントを設営し、それを密閉してから、練炭に着火する。そのあと大量の睡眠薬を呑み、眠くなったところでビニール袋をかぶって首を吊る。これなら首吊りに失敗しても酸欠で死ぬし、ビニール袋が破れても一酸化炭素中毒で死ぬし、練炭が消えたり、テントが破れたりしても寒さで凍死する。ことごとく失敗しても、外は樹海だから、生きては帰れない。

もっとも、こんな面倒な作業をするくらいなら、よほどのことがない限り、生きていたほうがましである。

怖い本

テレビを観ると、あいかわらず殺伐としたニュースが多い。

殺伐としたニュースが多いのは、そうでないニュースより視聴率が稼げるからだが、おあつらえむきの事件が起きているのも事実である。

なかでも親がわが子を殺したり、子どもが親を殺したりといった肉親がらみの凶悪事件が目立つ。かわいさあまって憎さ百倍なのか、もともと憎かったのが百倍になったのか、あるいは、かわいいからこそ殺すという独自の境地に達したのか。

犯行の動機はさまざまだろうが、人間を、それも肉親を殺すのは度胸のいることである。親殺しについていえば、江戸時代なら市中引き廻《まわ》しのうえ、磔《はりつけ》にされた。

目上の者を敬うという儒教的精神はもはや崩壊しているから、親を殺すのは、かつてほど禁忌と感じないのかもしれない。いまの刑法では尊属殺人の加重規定はないから、それだけで死刑になることもない。

一九八〇年、神奈川県川崎市で、予備校生の息子が両親を金属バットで殴り殺すという事件が起きた。いわゆる予備校生金属バット殺人事件の判決は、懲役十三年である。けれども刑の軽重で、親殺しを考える者はいないだろう。いかにだめな親だろうと、自分を生み育てた人間である。それを手にかけるのは、相当な覚悟なり狂気なりが必要である。

もっとも、子どもが親に殺意を抱くのは珍しいこととは思えない。わたしは超の字がつく劣等生だったから、ずっと両親と不仲で、小学生の頃は一再ならず殺意を抱いた。むろん殺意といっても幼いもので、親なんかいなくなればいいのに、とか、親が死んだら自分はどうなるだろう、といった夢想に耽《ふけ》るのがせいぜいである。

親に殺意を抱くなんて、末恐ろしい子どもというなかれ。この程度の経験なら、誰しもあるのではなかろうか。もし、そんな経験が皆無だとしたら、よほど健全な家庭に育ったか、なにも考えていないかのどちらかで、いずれにせよ幸福な身の上というべきである。

なによりも人命が大切だというのは、それが喪《うしな》われた事件を見世物にする連中の建前であって、本気でそう思っている者がどれだけいるか怪しい。

わが国のメディアは、ＢＳＥだのＳＡＲＳ《サーズ》だの毒入り餃子だの食品偽装だので、毎回上を下への大騒ぎをするが、アフリカで何百万人が死のうと報じない。

他人に無関心なのは大衆もおなじで、煙草を吸う亭主を家から叩きだす主婦は、バーゲンにむかう車で排気ガスをまき散らして平気である。

他人を邪魔だと思うのは、すでにして殺意である。

通勤の満員電車でひとごみを掻きわけるとき、ATMの行列で昼休みを削られるとき、渋滞の道でクラクションを鳴らすとき、ひとは他人を「物」としか見ていない。

「早く消え失《う》せろ」

と、みな心のなかで叫んでいる。つまり殺意をおぼえているのに等しい。

といって、それが悪いというのではない。

親にも殺意を抱くのだから、他人にそうなるのは当然である。問題は殺意を抱くことではなくて、それを行動に移すかどうかである。

安易にひとを殺《あや》める者が多いのは、刑罰による抑止の限界を示している。

現行の法律で抑止できるのは、刑務所にいくのが怖い、もしくは極刑に処されるのが怖いという者だけで、その一線を越えた連中には通用しない。刑法を厳罰化しようと、裁判員制度を導入しようと、いまの状況に変化はないだろう。

神も仏もなく、すべてが経済に支配されている世の中では、刑罰を恐れても、殺人という行為を恐れる理由がないからである。

したがって「なぜ、ひとを殺してはいけないの」といった質問を子どもが口にする。子どもになんでも理由を説明しようとするのは馬鹿げた風潮で、わたしが幼い頃なら、拳骨ひとつでカタがついた。おやじがゴツンとやるのは、野暮なことは訊くなということであり、自分で考えろということでもある。

とはいえ、昨今は拳骨ひとつでも、やれ暴力だの訴訟だのとかまびすしい。なぜ、ひとを殺してはいけないのかがわからぬから、ほんとうにひとを殺したりする者がいる。いうまでもなく欠けているのは教育だが、学校に期待が持てないのは周知のとおりだから、家庭で教育するしかない。

しかし親のいうことを、ふんふんと子どもが聞いているのは幼いうちだけだ。あっというまに知恵をつけて、親を小馬鹿にするか、なんでも聞いている顔で馬耳東風になる。

そこで必要なのが読書である。

ひとを殺せばどういうことになるか、読書を通じて知らしめるのである。そのためには、予定調和のなかよし童話など、断じて読ませてはいけない。

タヌキとウサギが最後に仲直りをするようなカチカチ山は論外である。原典のとおり、タヌキはおばあさんを殺害後、おばあさんに化け、死んだおばあさんの肉を狸汁と偽って、おじいさんに喰わせねばならない。それでこそ、ウサギの報復も活きてくる。

けれども童話は序の口である。

子どもには、身の毛がよだつような怖い本を読ませねばならない。

本を読んで身の毛がよだつ思いをしたのは、楳図かずおの『猫目小僧』が最初である。わたしが五歳の頃で、当時購読していた「少年画報」で読んだ。第一話「不死身の男」は、ものすごく怖かった記憶のみあって、細部はおぼえていない。

トラウマといっていいほど記憶に灼きついているのは、第二話の「みにくい悪魔」である。

ある裕福な家に生まれた、化けもののように醜い少年が美しい少女に恋をして――というあらすじだが、物語の冒頭がとりわけ怖かった。

顔の醜さゆえ、誰からも相手にされない少年は、虫や動物を殺して鬱憤《うっぷん》を晴らす。アリの行列を潰したり、カマキリの軀をひきちぎったり、カエルを串刺しにしたり、猫の爪をペンチでひき抜いたりといった描写に、全身の毛が逆立った。

少年の行為が怖かったのもあるが、そういう性癖が自分にもひそんでいるのを発見したからである。やがて自分も「みにくい悪魔」になるのではないかと思うと、夜も眠れなかった。

それをきっかけに、楳図かずおの本をむさぼるように読んだ。『黒いねこ面』『紅グモ』『へび少女』『赤んぼう少女』『恐怖』『おろち』『漂流教室』『洗礼』。

どの作品も、まったく古びておらず、いま読んでも充分に怖い。以前は絶版だったものも、最近は復刊されているから、ぜひお子さんの枕元に置いていただきたい。

日野日出志の『地獄の子守唄』も魘《うな》されるほど怖かった。

小学校低学年の頃、通院していた耳鼻科の待合室に、なぜかこの本があった。雑誌だったか単行本だったかはっきりしないが、読み終えると同時に戦慄した。

なぜなら漫画の最後に「きみは　このまんがを見てから　3日後　かならず死ぬ！」と書いてあるのである。しかも、相当にむごい死にかたをするらしい。

大変なものを読んでしまったと思ったが、あとの祭りである。

ただでさえ怖い治療も一段と怖さを増す。医師が発狂して、鼻だか耳だかからメスを突っこんで、脳味噌でも掻きまわすのではないか。そんな妄想が取り憑いて、三日間は生きた心地がしなかった。

幸い三日間は無事にすぎたが、まだ通院は終わらない。

暗く湿っぽい待合室にいくと、つい『地獄の子守唄』を手にとってしまう。そこからまた苦渋に満ちた三日間がはじまるのである。

くだんの耳鼻科では、やたらと日野日出志の本を見たような気がするが、なんのつもりで待合室に置いていたのだろうか。

小学校の高学年になると、またしても怖い漫画が登場した。つのだじろうの『亡霊学級』である。全五話のうち、憑依《ひょうい》現象をあつかった「ともだち」、いじめられっ子の弁当の中身が鳥肌ものの「虫」、水死体のリアルな描写で話題になった「水がしたたる」の三篇が抜きんでて怖い。

これらを読んだのは同級生の家だったが、その家がいかにも「出そう」な古びた日本家屋で、トイレにいけなくて往生した。

ちょうど当時は、中岡俊哉さんの『恐怖の心霊写真集』に震えあがっていた頃でもあり、わたしと同年代の読者には、トラウマになっている方も多かろう。

つのだ氏は『亡霊学級』を境に、ギャグ漫画から路線を変更して、『恐怖新聞』『うしろの百太郎』と、心霊漫画の傑作を生みだしていくが、これらもまた怖かった。

ポルターガイストやエクトプラズムといった心霊用語を漫画に取り入れたのは、つのだじろうが草分けだったと思う。

小説というものを、はじめて読んだのはいつだったか。題名も内容もはっきりしないが、はじめて読んだ怖い小説はおぼえている。

エドガー・アラン・ポーの『黒ねこ』である。

朝日ソノラマからでていた、平井呈一監修の『少年少女世界恐怖小説』の第一巻で、発売されてまもなく、親にせがんで買ってもらった記憶がある。いつのまにか紛失して手元にないが、インターネットで調べると、一九七二年の刊行で、収録作と原題は次のとおりである。

「黒ねこ」 The Black Cat
「アッシャー家の崩壊」 The Fall of the House of Usher
「長方形の箱の秘密」 The Oblong Box
「死の大渦巻」 A Descent into the Maelstrom
「ちんばガエル」 Hop-Frog
「落とし穴と振り子」 The Pit and the Pendulum

どれも傑作なのはいうまでもないが、劣等生のわたしにとっては、「黒ねこ」がもっとも怖かった。主人公が酒に溺れて狂っていく様子が、自身の将来を見ているように思えたからだが、おおむね予想が当たっていたのは慧眼《けいがん》というべきか。

ラフカディオ・ハーン、すなわち小泉八雲の『怪談』を読んだのは、「黒ねこ」とおなじくらいの年頃だったと思う。これも紛失して、どこの出版社のものだったかわからない。

ただ「耳なし芳一」「雪おんな」「茶碗の中」「幽霊滝の伝説」といった代表的な怪談

のほかに、名随筆というべき「草ひばり」や「乙吉のだるま」も載っていた。これを頼りに調べてみると、平井呈一訳で偕成社からでていたものとおぼしい。

小泉八雲の怪談は、怖さのなかに行灯《あんどん》の明かりのような、ぬくもりと哀しさがある。現代の子どもたちには、ぜひ読ませたいものだが、新刊がひと月と経たぬうちに店頭から消える時代である。親が買い与えない限り、子どもが手にする可能性は低いだろう。

現代の怪奇を描いた新しい怪談では、木原浩勝さん、中山市朗さんの『新耳袋』と平山夢明さんの『「超」怖い話』が筆頭にあがる。実話怪談集の白眉としてつとに有名な両著だが、どちらかといえば大人の読者が多いのではなかろうか。大人から怪談を聞く機会がない昨今、ぜひとも子どもたちに読ませたい本である。

大人むけの小説で、はじめて怖いと思ったのは、遠藤周作の『怪奇小説集』である。中学一年生のときに近所の本屋で買ったが、題名に惹かれただけで、遠藤さんがどういう作家なのか、まったく知らなかった。

いまとちがって情報のすくない時代だから、本を探すといえば、書店の店頭しかなかった。

棚にならんだ背表紙を眺めて「これは怖そうだ」とか「これはイヤラシイことが書いてありそうだ」とか適当な判断で本を買っていた。

太宰治の『人間失格』を読んだのも中一のときだが、題名が怖そうだから買ったにすぎない。「私は、その男の写真を三葉、見たことがある」という冒頭を読んで、なんとなく、おばけの話だと思った。案に相違して、おばけはでてこなかったが、これはこれで怖かった。

『怪奇小説集』に話をもどすと、この本には「三つの幽霊」「蜘蛛」「黒痣」「私は見た」「月光の男」「あなたの妻も」「時計は十二時にとまる」「針」「初年兵」「ジプシーの呪」「鉛色の朝」「霧の中の声」「生きていた死者」「甦ったドラキュラ」「ニセ学生」の十五篇が収録されている。

いずれ劣らぬ傑作ぞろいで、なかでも「蜘蛛」は怪奇短篇の白眉として、あちこちのアンソロジーにおさめられている。

けれども、わたしがもっとも怖かったのは「三つの幽霊」である。「三つの幽霊」は、小説というより随筆的な展開で、遠藤さんが留学していたフランスのルーアンとリヨン、作家の三浦朱門と泊まった熱海の旅館での体験が記されている。

この旅館の話が、とてつもなく怖い。

遠藤さんの淡々とした筆致も恐怖を掻きたてるが、同宿の三浦さんも「おなじもの」を見ているのが怖い。事実、三浦さんはこの夜の体験をべつの本に書いているから、読みくらべると、さらに怖さが増す。また『怪奇小説集』中の「私は見た」は、遠藤さんが件《くだん》の旅館を再訪して、怪異の原因を探るという内容で、これも作品の迫真性を高めている。

幼い頃に怖かった本をいくつかあげたが、いまの子どもたちは、どんな本を読んで怖がっているのだろう。空き地も草むらも廃屋もない都会では、ストーカーだの変質者だの、生身の人間が怖いのはいうまでもない。

けれども子どもたちには、人間以外のものも怖がってほしい。肉眼では見えないものの、夜空をあおげば、百億年前の星がまたたいているのである。闇を自然を宇宙を、大いなるものを恐れ、あるいは畏《おそ》れてほしい。ひとを殺める者は、恐れを知らぬ者である。

もし人間に魂があったら、もし自分に来世があったらとは考えない。ひとは死んだら無になると思っているから、そういう行為ができる。

霊魂や幽霊を信じろといっているわけではない。超自然的な存在があろうがなかろうが、どちらでもいい。さまざまなものを恐れる心が、想像力と情緒をもたらすと思う。インターネットで屍体サイトを見ても、ゲームでゾンビを撃ち殺しても、夜中にひとりページを繰る怖さには、とうていおよばないだろう。

将来、わが子に襲われたくなかったら、怖い本を読ませるべきである。

怖いバイト

ついこのあいだまで、就職市場はバブル期以来の売手市場だといっていた。それがアメリカの金融破綻の影響で、一転して「就職氷河期が再来か」などといっている。これだからメディアの報道はあてにならないが、就職活動がすんなりいくのは、名のある大学の新卒者だけで、それ以外の若者は、いつだって就職で苦しんでいる。

就職氷河期といわれた時代に社会へでたひとたちで、いまだに正社員になっていないのは珍しくないし、いったんは正社員になっても会社を辞める若者も多い。

やる気がないとか根気がないとか、若者に原因を求めるのは簡単だが、「怖い会社」で書いたように、社員が辞める会社にも問題がある。

そういう時代だけに、派遣社員やバイトといった非正規雇用者は増える一方である。労働者派遣法の見直しによって、日雇い派遣は原則禁止になり、大手派遣会社は事業から撤退した。しかしお上のやることは、なべて目の粗いザルである。

日雇い派遣という名称が影をひそめるだけで、底辺の労働者が不安定な雇用状態で搾取されるのは変わらない。このまま経済の二極化が進めば、庶民は派遣社員やバイトで生涯を終えるしかないだろう。

しかし一般的な求人を見ても、生涯を託せるような派遣やバイトはない。

ならば短期でも稼げるほうがいいという発想になるが、稼げるバイトというのは、往々にして怖いリスクがともなう。

怖いバイトでもっとも有名なのは、すでに都市伝説と化した「死体洗い」だろう。

このバイトが噂になったのは、大江健三郎氏が一九五七年に発表した小説『死者の奢り』がきっかけだという説がある。それが正しいとすれば、「死体洗い」の噂はかれこれ半世紀にわたって囁《ささや》かれていることになる。

このバイトの有無をめぐっては、現在も論議は絶えないが、わたしは実際に「死体洗い」をしたという男に逢ったことがある。

その男に逢ったのは、東京で日雇いの肉体労働をしていた頃で、たしか池袋の工事現場だった。初対面だったものの、一緒に作業しているうちに、どちらからともなく世話をした。

男は二十代の後半くらいに見えたが、車に金をかけすぎたせいで、家賃が払えずにアパートを追いだされたという。いまは車で寝起きしながら、日雇いをしているともいっていた。

休憩時間に、なにか儲かる仕事はないかと話していると、

「また、あれをやったら、金にはなるんだがな」

男がぽつりとつぶやいた。

あれとはなにかと訊くと「死体洗い」のバイトだという。当時から噂は知っていたので、驚いて身を乗りだすと、男は自分の体験をぼそぼそと語った。

彼が「死体洗い」のバイトをはじめたのは、それを職業にしている男と競馬場で知りあったのがきっかけだという。バイト先は都内にある大学の研究室で、具体的な学校名も聞いたような気もするが思いだせない。

ホルマリンに漬けられた死体を洗うという作業は、噂とほぼおなじだったが、やけに話が細かい。死体の表面はブラシで洗うが、鼻や耳、肛門は電動歯ブラシのような器具を挿しこんで洗う。報酬は一体につき一万八千円で、男は一日に平均二体を洗ったらしい。

「二週間で五十万近く稼いだけど、競馬で全部負けちゃったよ」

どうしてそんな高給のバイトを辞めたのかと訊くと、

「死体が怖いのは最初だけで、じきになんともなくなる。でも臭いがだめなんだ」

死臭がすごいのかと思ったら、ホルマリンの臭いだという。ホルマリンの臭いは風呂に入っても抜けず、電車に乗ると自分の周囲に空間ができるし、タクシーは乗車拒否される。

臭いのせいで食欲も湧かずに、二週間で五キロも痩せた。一日に二体しか洗えなかったのは、臭いに耐えられないからだといった。

しかし「死体洗い」を職業にしている連中は、一日に四体も五体も洗う。彼らは仲間うちで交代して、一年のうち三か月くらい集中して働き、あとは遊んでいるという。

「あの仕事をしているあいだは、なんにもできないからね」

なんなら紹介しようか、と男はいった。

喉から手がでるほど金が欲しかった時期だけに真剣に迷った。しかし居候の身で、そんな悪臭をさせるわけにはいかず、やむなく断った。

翌日からわたしは現場を移り、その男とふたたび逢うことはなかった。

わたしが遭遇した男がほんとうに「死体洗い」をしていたのかどうかはわからない。都市伝説がらみの本や医学系のサイトを見ると、「死体洗い」のバイトは存在しないという意見が大半を占めている。医療関係者による具体的な反証もあるから、恐らくそのとおりだろう。だとすれば、あの男はなぜ、まことしやかな嘘をつく必要があったのか。考えると不気味である。

死体がらみで高給なバイトといえば、葬儀屋がある。

東京で日雇いをしている頃、バイトを募集しているのを知って、面接にいくべきかどうか迷った。なにしろ賃金がよくて、当時の日給が一万五千円くらいだった。

死体を運ぶ、つまり納棺を手伝うと、嘘かまことか五千円が上乗せされるという。しかも遺族からの謝礼もでるから、うまくいけば一日に三万円近くも稼げるらしい。

魅力的なバイトに思えたが、問題がふたつあった。

ひとつは黒いスーツを持ってないうえに、それを買う金もないことだった。もっとも、これは稼ぎを見越して借金をすれば解決できなくもない。

深刻なのは、もうひとつの問題である。

わたしは緊張を強いられると、笑いがこみあげてくる。特に葬儀や法事は鬼門で、なにかの拍子に笑いの発作が止まらなくなって、悶絶しかけたことが何度かある。

中学生くらいの頃、祖母の法事で菩提寺《ぼだいじ》の僧侶が家にきた。

朗々と経をあげる僧侶のうしろでかしこまっていたら、足袋が破れて、足の親指が覗いているのに気がついた。

隣にいた母を肘でつついて、わたしの発見を伝えると、

「――くッ」

母はうめいて、前のめりに軀を折った。

とたんにおかしさがこみあげて、腹筋が痛くなった。

それからはもう地獄で、ふたりして僧侶のうしろで、のたうちまわった。

そうした経験があるだけに、葬儀屋のバイトをするのは不安だった。しかも人づてに聞いたところでは、死体を運んだ晩はひどく魘されるらしい。笑いをこらえねばならないわ、魘されるわでは困るから、葬儀屋のバイトはあきらめた。


昔は都市伝説のようにいわれていたが、実在するバイトに「治験」がある。「治験」とは、新薬臨床試験、つまり新薬の効果や副作用を調べる実験台になるのである。

表むきはボランティアということになっているようで、バイトという表現はしていない。謝礼は協力費とか負担軽減費といった名目である。

志望者は説明会にでて、頭痛薬やら胃腸薬やら、さまざまな薬の説明を聞き、どの薬の実験台になるかを決める。脳や神経に作用するような薬ほど賃金が高いという。

多くの場合、入院が必要で、バイトをする者はしかるべき施設で決められた日数をすごす。入院の日数は、長いもので二十日あまり。そのあいだは、なにもする必要はなく、寝るか遊ぶかしていればいい。

入院施設には、テレビはもちろん、ビデオやゲーム機、漫画や雑誌など、ひまを潰す道具がそろっているし、三食きちんと食事もでる。

ただ、採血や採尿、血圧や体重の検査などが頻繁におこなわれる。謝礼は高額で、入院すれば一日あたり二万円はでるらしい。二十日も入院すれば、寝ているだけで四十万円である。

以前は口コミだったようだが、現在はインターネットで申込みができる。

大々的に募集しているくらいだから、怖いイメージに反して、さほど危険はなさそうだし、新薬の開発には必要なのだろう。しかし、こういうバイトに味を占めると、まともな仕事ができなくなりそうなのが怖い。

怖いバイト【その2】

はたちの頃、怖いバイトに誘われたことがある。

当時、わたしはスナックに毛が生えたようなクラブで働いていたのだが、あるとき、職場の先輩から金になるバイトがあると聞かされた。

どんなバイトかと訊いたが、とにかく雇い主に逢ってくれという。

その先輩は裏社会に顔が利く男だったから、まともな仕事でないのは察しがついた。

けれども金が欲しい一心で、雇い主に逢うのを承諾した。

先輩とふたりで指定された店へいくと、外国人と見まがうような顔をした初老の男がいて、彼が雇い主だという。陽焼けか酒焼けか、皮膚は真っ赤で、鼻は日本人離れした鷲鼻である。子分らしい体格のいい中年男が脇にひかえている。

初老の男は、爬虫類のような感情の読めない眼を光らせて、

「船に荷物を積んで帰ってくるだけや。一日もかからん」

おずおずと荷物はなにかと訊くと、

「シャブや」

初老の男はこともなげにいった。

思わずのけぞったが、先輩の顔もあるから、いきなり帰るわけにはいかない。

彼によれば、ある港から船に乗って、韓国だか北朝鮮だかの船と海上で落ちあう。そこで大量の覚醒剤を積みこんで、日本に帰ってくる。

見張りと荷物の積みおろしだけで、報酬は二千万円だという。

「前に連れていった若いのなんか、なんもすることないで、ぼおっと突っ立っとっただけや。それで二千万なら、うまい話やろうが」

船のエンジンは強力で、巡視艇が追いつけないほどスピードがでるらしい。それでも、たまには追いつかれそうになることもある。そういう場合は、船を軽くして、さらにスピードをだすために、積荷の覚醒剤を捨てながら走るという。

「時価何億円ちゅうシャブを、ばんばん海に捨てるのは、たまらん気分やでぇ」

わはは、と初老の男は豪快に笑った。

「どうする？」

と先輩は訊いたが、前科者になるのはごめんだから、丁重に断った。

後年、初老の男は大規模な密輸事件の主犯として逮捕され、新聞やテレビをにぎわしたが、かなり前に亡くなったと聞いた。

昔は、やくざの「提灯持ち《ちょうちん》」というバイトがあった。

暴対法ができてからは減ったようだが、かつては懲役を終えた組長や幹部が出所する際に、刑務所の前で組員たちがずらりとならんで出迎えをした。出迎えの人数は、そのまま組織の実力を示すから、多ければ多いほどいいが、ちいさな組では人手が足りない。といって少人数の出迎えでは、出所する組長や幹部に失礼だし、ほかの組織に対する見栄もある。そこで出迎えのときだけサクラを雇うのである。

バイトは、おもに下っぱが着るツナギのような戦闘服を着て、出迎えの列にならぶ。場合によっては代紋の入った提灯を持ったりするのが、「提灯持ち」という由来である。

やがて組長なり幹部なりがでてきたら、古いやくざ映画のとおり「お疲れさんです」と頭をさげる。それだけで一万五千円から二万円くらいもらえる。

十代の頃、パチンコ屋でぶらぶらしていると、ときおり顔見知りの組員から誘われた。効率のいいバイトに思えたが、そのまま組に入れられそうな気がして断った。

当時の友人にMという男がいたが、彼はそのへんに無頓着で、ちょくちょく「提灯持ち」のバイトにもいっていた。あるとき組関係に顔が利く知人が、

「Mをはめたった」

と腹を抱えて笑っている。彼がいうには「提灯持ち」のような簡単なバイトがあるからといって、Mをある組事務所にいかせたという。

「誰かええ若いもんがおったら紹介してくれ、って頼まれとったから」

つまり組のほうでは、Mを組員志望の若者と思っているのである。

何日かして、Mは「ほとけさま」のような髪型で、わたしの前にあらわれた。

Mが溜息《ためいき》まじりに語るには、事務所に入るなり、

「なんやその頭は。床屋でメッシュかけてこいッ」

怒声とともに一万円札が飛んできたという。

メッシュといえば現在では髪を染める意味に用いられるが、当時わたしの地元では、パンチパーマのことをそう呼んでいた。

ちなみにわたしの地元である北九州は、パンチパーマ発祥の地である。

パンチパーマを開発した理髪店は、元祖としてその筋のあいだでは知られている。

ふつうの理髪店では、そういう客がくると怖くて手元が狂うこともしばしばらしい。

しかしその店の従業員たちは慣れているから、どんな強面の客にも手が震えないという。

いまでも店の前を通りかかると、黒塗りの車が横付けされて、「ほとけさま」のような髪型の方々が出入りするのを見かけるから、あいかわらず評判がいいらしい。

話をMにもどすと、彼はバイトのつもりだったとはいいだせず、組事務所に通うはめ

になった。新人組員としての仕事は、あまりうだつのあがらない兄貴分のお供だった。みかじめ料の集金についていったり、兄貴分がパチンコをしたりスナックで呑んだりするときに、雑用をいいつかる。やくざだから給料はなく、兄貴分が思いついたときに小遣いをくれるだけである。

しかし組事務所に通いだして、ひと月と経たないうちに、Mは姿をくらました。

ほとぼりがさめた頃に、Mはパチンコ屋に顔をだして、

「おまえの恰好がダサいけ、あしたブルゾン買うちゃる、っていわれたんや。そんなもん買うてもろたら、もう辞められんと思うて――」

舎弟に逃げられた兄貴分は、Mを紹介した知人に、

「黙って辞められたら困るんやがなあ」

と、ぼやいていたという。

やくざのバイトはしなかったが、テキヤの真似事なら経験がある。

二十五、六のときだったか、なにか小遣い稼ぎはないかと考えていると、親友が夏祭りのときに露店をやろうといいだした。ちょうど仕事が途切れていた時期だったので、その筋に顔が利く人物に話を通して、ふたりで露店をだすことにした。

祭り当日の朝、集合場所である市民会館には、仰々しい代紋をつけたトラックが何台

も停まり、テキヤたちが大勢集まっていた。

はじめに保健所の職員が食品の衛生管理について喋り、続いて露店を仕切る親分から、喧嘩は禁止とか刺青《いれずみ》を露出するなといった話があった。

そのあと「ショバ割り」がはじまる。ショバ割りとは、つまり場所割りで、どこに誰が店をだすかを指定する作業である。

長い竹棹を持った男を先頭に、全員がぞろぞろと歩きだす。

先頭の男は手にした地図を見て、

「一番、××組の山田さん、焼そば」

などと読みあげ、長い棹の先で地面を突く。

呼ばれた人物が返事をすると、子分が地面にチョークで印をつける。印と印のあいだが、呼ばれた人物の出店場所である。ひとつの店ごとに場所を決めるから、ショバ割りは一時間経っても終わらない。名前を呼ばれるまでは、ひたすら行列についていかねばならない。

いかにも効率が悪い方法で、場所を指定した地図でも渡せばよさそうなものだが、伝統を重んじているのかもしれない。

ショバ割りが終わると、めいめいが店を設営する。

わたしと友人がだしたのは、バッタ屋で仕入れた雑貨の店だったが、場所が悪かったのと、値段が高かったせいで、さっぱり売れなかった。

しかしわたしたちの店より、さらに人気がないのが、むかいの金魚すくいだった。まだ十代に見える若い男がふたり店番をしているが、駆出しのテキヤらしく、飾りつけもしなければ、呼びこみもしない。ただ水槽のむこうにしゃがんでいるだけである。

そんな状態だから、まったく客はこないが、ふたりの若者は愛想がよくて、こちらの顔を見るたび、にこにこと笑う。

ところが翌朝、店にいくと、ふたりは水槽の前でべそをかいていた。

「あほか。おんどれらはッ」

彼らのそばで、兄貴分らしい男がすさまじい剣幕で怒鳴っている。

なにごとかと思いつつ、水槽に近寄ってみると、金魚が一匹残らず腹を見せている。

その原因は、すぐにわかった。

あたりは神社の境内で木が茂っているのだが、水槽の上だけ陽が射している。

昨夜、若者たちは水槽にビニールシートをかけて帰った。そこに長いあいだ真夏の陽があたったせいで、金魚が煮えてしまったのである。

ふたりの若者は悄然《しょうぜん》とした顔で、死んだ金魚をお椀ですくっていたが、いま頃は一人前のテキヤになっているだろうか。

いままで経験したバイトのなかで、もっとも体力的にきつかったのは、雀荘である。東京で居候生活をしていた頃、日銭欲しさに、ある雀荘で働きだした。

雀荘のバイトとは、いわゆる「メンバー」である。

店の掃除やお茶汲みといった雑務のほかに、人数が足りないときは客にまじって麻雀を打つのが「メンバー」の語源だろう。

給料は月三十万だから、かなり高額のようだが、ほとんど額面どおりにはもらえない。なぜなら、人数を埋めるために卓へ入るのに、なぜかメンバーも客と同様に「場代」を払うのである。

場代は半チャン一回につき四百円だったが、負ければそのぶんも自己負担である。一日に卓へ入るのは、半チャン十回ほどだから、トントンでも四千円がでていく。つまり毎日四千円以上勝たないと、正規の給料はもらえないのである。

ならば麻雀で稼げばいいようなものだが、メンバーは店の人間だから、汚い勝ちかたはできない。「三味線」という会話でのブラフはもちろん、極端な変則待ちやひっかけ待ちも使えない。しかも途中で客がくると、負けていればそのままだが、勝っている場合は席をゆずらねばならない。

したがって、わずか四千円でもコンスタントに勝ちこむには、かなりの実力を必要とする。わたしは高校生の頃から、ひとりで雀荘に通っていたので、それなりに自信はあったのだが、結果はさんざんだった。

メンバーは昼と夜の交代制で、十二時間労働である。しかし誰かが休むと「通し」といって、二十四時間の勤務になる。それが月に三、四回はある。

居候の身とあって、飯もろくに喰えなかったから、不眠不休はこたえる。雑用をこなしているぶんにはいいが、麻雀を打つのは重労働である。

しかし客が足りなければ、厭でも打たねばならないし、いくら負けがこもうと、客がくるまではやめられない。打っているあいだも、客の注文が相次ぐ。

「コーヒー、アリアリで」

「おれもコーヒー、ナシナシで」

「焼そば、麺は固めね」

アリとかナシというのは、砂糖とミルクの有無である。焼そばは買い置きのカップ麺だが、わたしの地元にはない「ペヤング」が、やたらと人気があった。

勤務が「通し」の場合、三度の食事も焼そばかカップラーメンだった。ふらふらになって仕事を終えると、レジから五千円を持って帰る。

五千円は「アウト」といって、早い話が前借りである。その店では、日払いで持って帰っていい金額の上限が五千円だった。

麻雀がトントンでも一日に四千円がでていくのに、毎日「アウト」をするから、給料は減る一方である。最初の給料日、給与明細には「マイナス三千円」とあった。

雀荘に勤めだしてしばらく経ったある夜、わたしは「九蓮宝燈《チューレンポートー》」をあがった。ソウズのホンイツ狙いだったのが、誰も鳴かせてくれぬままチンイツになり、気がついてみると「九蓮宝燈」のテンパイだった。

メンバーが役満をあがるのは好ましくないが、一生に一度の手だし、金も欲しかった。ゴルフでいえば「九蓮宝燈」はホールインワンで、俗にお祓いをしないと災いを招くという。けれども、お祓いをするどころか、わたしが「九蓮宝燈」をあがった相手は負けぶんをツケにして、金すら払わなかった。

そのくせ災いだけはきたようで、その晩から虫歯が化膿《かのう》して、顔が倍ほどに膨れあがった。保険証がないから病院へはいけないし、折悪しく「通し」の勤務で、寝ることすらできない。翌朝まで半死半生で麻雀を打って、そのまま雀荘を辞めた。

当時の後遺症か、いまでも上京すると、ときおり深夜にホテルで「ペヤング」の焼そばを食べる。

バイトとしてはポピュラーだが、死の危険があるわりに賃金が安いという点で、怖いのは工事現場のバイトである。

はじめて現場作業をしたのは、高校一年生のときだった。父の知りあいだった建設会社の社長が、うちの現場でバイトをしないかといったのがきっかけである。

社長の口利きだから楽だろうと思ったのが大まちがいで、現場に着くなり奴隷のようにこき使われた。社長に助けを求めようにも、本人は現場にいない。

現場は十階建てくらいのビルだったが、屋上で作業をしていると、不意に足元が崩れて軀が落下した。とっさに両手を伸ばして、穴のふちにしがみついた。

「おいおい、死ぬで」

まわりで作業員たちが笑っている。

恐る恐る下を見ると、穴はビルの底まで続いていた。


東京で日雇いの作業員をしたときも、ひどい現場が多かった。

まだ夜が明けぬうちから手配師のもとへいって、地図のコピーをもらい、その日の現場へむかう。現場はおもに都内だが、ときには千葉あたりまでいく。

仕事の内容は日によってちがう。職人の手伝いだったり、「ガラ出し」という廃材の撤去だったり、「ヨウジョウ」という保護材をはがす作業だったりとさまざまである。

仕事が終わると、手配師のところへもどって、日当をもらう。日当は当時で八千円だったが、その金で酒を呑むのが唯一の楽しみだった。

日雇いの作業員は、工事現場のなかで最底辺の存在である。

したがって初対面で「おいこら」呼ばわりだし、少年のような職人から弁当の買出しを命じられたりもする。その程度なら問題ないが、現場によっては、ひとをひとと思わぬようなあつかいを受ける。

あるときは、地上百メートルはあろうかというビルで、外にでて窓を拭けという。窓を拭くには足場がいるが、外にはなにもない。

三十センチほど窓のふちがあって、そこにつかまれというのである。仕方なく身を乗りだすと脳裏で走馬灯がまわりだしたから、なんとか拭かずにごまかした。

またあるときは、巨大なビルの建設現場に溜まったセメントの粉を、すべて掃けといわれた。セメントの粉は、あたりに散らないように、濡らしたオガクズにからませて掃いていく。

マスクをして作業をするが、それでもおびただしい量のセメントを吸いこんで、口のなかがぱさぱさになる。思わず咳きこんで、作業の手を止めると、

「さぼるな。このクズがッ」

若い現場監督が飛んできて、怒鳴り散らす。

さながら漫画「カイジ」にでてくる地下労働施設である。この現場で大量のセメントを吸ったせいで、わたしは気管支喘息《きかんしぜんそく》になった。

あるとき、八割がた完成した現場で、壁や階段についた汚れを落とす作業をすること

になった。汚れを落とすには、ウエスという布とシンナーを使う。

真冬の風が吹きすさぶなか、シンナーを染みこませたウエスで、ひたすら汚れをこすっていると、しだいに笑いがこみあげてきた。

どうしてこんなに作業が楽しいのかと思ったら、シンナーに酔っていたのである。


気管支喘息がひどくなったのをきっかけに、地元の北九州へ帰った。けれども、すぐ金になる仕事といえば日雇いの肉体労働しかない。

適当な手配師を見つけて働きはじめたが、東京にもまして条件が悪かった。日当は六千円しかないうえに、仕事が荒っぽい。東京では高所作業の際には、安全帯（命綱のようなもの）の着用が義務づけられているが、地元の現場は誰もつけていない。

初日は鳶職《とびしょく》の手伝いで、足場を組む作業だった。まだ足場がない状態だから、すがるものはなにもない。

ビルとビルとの谷間にくると、職人は平気で「飛べ」という。

「気ィつけや。落ちたら死ぬからの」

そんなことは、いわれなくてもわかっている。

わたしと一緒に現場へきた中年男は、経営していた会社が潰れたせいで、最近日雇いをはじめたという。彼はビルの谷間を覗きこんで、膝頭をがくがくさせて、

「たった六千円のために、なんでこんなことをしなきゃならんのですか」

と涙目でうめいていた。

べつの日は、労災病院の地下にある配管設備を撤去する仕事だった。おとなの胴回りほどある鉄管を「サンダー」と呼ばれる電動のヤスリで切っていく。東京では、日雇いのような素人には工具を触らせないが、地元はおかまいなしである。サンダーが鉄管に喰いこむまでは、刃先がぶんぶんすべって危険極まりない。

そのとき一緒にいた日雇いの男は、前の日にサンダーで中指を切った。骨が見えるほどの怪我だったが、絆創膏《ばんそうこう》を貼っただけで、病院にもいっていない。

いまはどうだか知らないが、当時は日雇いに労災などでない。東京で働いているときも、現場で片足が潰れた老人が、日当とべつに慰謝料で二千円をもらったと聞いた。

仲間の怪我のせいで、わたしが作業を担当したが、焼けた鉄粉がゴーグルのなかへ飛びこんできて、しばらくは眼球がごろごろした。

またべつの日は、若戸大橋の補修にいかされた。若戸大橋というのは北九州の戸畑《とばた》と若松《わかまつ》をつなぐ吊橋で、一九六二年の開通時には東洋一の規模だった。

作業は橋桁《はしげた》のなかに入っておこなうのだが、現場に着いて絶句した。橋桁に入る階段でもあるかと思いきや、そんなものはどこにもなかった。

橋の横から、物干竿のようなプラスチックの棒が突きでている。

これにつかまって、橋桁のなかに入るという。小学校の運動場に「のぼり棒」という遊具があるが、あれを横にしたような状態である。

当然のように安全帯はなく、棒から手を離せば、八十メートルほど下に転落する。しかも棒の下は、海ではなくアスファルトの道路だった。

海でも命はないにしろ、アスファルトのほうが、より絶望的である。

映画「ダイ・ハード」のようなまねをして、日当が六千円なのも納得いかないが、もっと納得いかないのは、命がけで棒にぶらさがるのが、ただの過程にすぎないことだった。仕事がはじまるのは、それからなのである。

しかし、ここでおびえては笑い者になる。恐怖をこらえて棒にぶらさがったが、帰りもこれを使うのかと思うと、うんざりした。

思わず愚痴をこぼしていると、日雇いの仲間が鼻を鳴らして、

「ここなんか、まだましよ」

彼によれば、パワーショベルが山を砕いている真下で、泥沼に浸かりながら、何十キロもあるコンクリートの塊を運ぶという現場があるらしい。

「上から岩がごろごろ落ちてくるけど、足元が悪いから逃げられん。そこの現場監督が鬼のような奴で、ちょっとでもさぼったら半殺しじゃ」

「そんな――奴隷じゃないんだから」

わたしは笑ったが、いまの世の中は誰しも金の奴隷である。

いろいろやってはきたものの、わたしもさして状況は変わっていない。現場作業のように直接的な危険はないが、歳をとったぶん死に近づいているし、部屋にこもって原稿ばかり書いているのも軀に悪い。ガレー船を漕がされていた奴隷が、座敷牢に移っただけのような気もする。

怖い刑罰

わが国の犯罪は増えているのか、減っているのか、あるいは平行線なのか。寡聞にして不明である。一説には減っているともいわれるが、メディアの報道を見る限りは増えているように見える。なぜそう見えるかといえば、扇情的な報道をするからである。

「またしても許せない事件が起きました」

「二度とこういう事件が起きて欲しくないですね」

ワイドショーの司会者やコメンテーターは正義漢づらをしていうが、なに大衆の好奇心をあおる陰惨な事件や有名人の醜聞が、彼らの飯のタネである。

彼らが許そうと許すまいと、一度起こった事件は必ずまた起こる。そもそも模倣犯が生まれるのは事件の報道があるからで、マッチポンプというべき面もある。

いずれにせよ、ひと昔前までは戸締まりをせずに外出する家は珍しくなかったし、街角や商店に監視カメラなどなかった。

大人と子どもが遊んでいたって不審な眼では見られなかったし、隣家とおかずのやりとりはしても、陰湿なクレームをつけあうことはなかった。

犯罪の増減はともかく、世の中が殺伐としているのはまちがいないだろう。殺伐とすれば、通り魔殺人のように、それを原因とする犯罪が生まれてくる。

犯罪を抑止するには、防犯意識やモラルの向上、義務教育や家庭教育の見直しなどが考えられるが、もっとも基本となるのは、犯罪者を検挙して処罰することである。

しかし、いくら処罰をしても凶悪犯罪はあとを絶たない。少年犯罪や飲酒運転をはじめ厳罰化が叫ばれているものの、効果のほどはさだかではない。一説には厳罰化で犯罪は抑止できないともいわれている。

たしかに現行の刑罰ならそうかもしれないが、もっと恐ろしい刑罰ならどうだろう。歴史を振りかえると、身の毛もよだつような刑罰が世界各国でおこなわれている。


現在、わが国の極刑は絞首刑だが、かつては死刑ひとつとっても、さまざまな種類があった。代表的なものだけあげても、生き埋め、釜ゆで、車裂き、切腹、打ち首、鋸挽《のこびき》、磔、火あぶり、水漬けなどがある。

昔のテレビでは、遠山の金さんや大岡越前が平気な顔で、

「市中引き廻しのうえ、磔獄門申しつける」

などといっていたが、刑の執行を画面に映したら、視聴者に卒倒する者が続出しただろう。

まず「引き廻し」は、うしろ手に縛った受刑者を裸馬に乗せて、罪状を書いた板と一緒に、文字どおり江戸市中を引き廻して、さらし者にする。

そのあと「磔」であるが、テレビドラマや映画では、たいてい受刑者が柱に縛られているところしか映さない。しかし実際の磔は、相当にすさまじい。「中」の字の左右の縦棒をとった形の柱に、受刑者を大の字に縛り、左右から槍で脇腹を突くのである。

槍は肩から一尺ほど穂先がでるまで刺して、ねじるように抜く。これを三十回繰りかえし、最後にとどめの槍として喉を突く。

むろん三十回も刺さなくても、受刑者はとっくに死んでいるが、これが作法だから、途中でやめることはない。「獄門」は斬り落とした首を、獄門台にさらすという意味だが、磔の場合は、屍体を柱に縛ったまま放置したらしい。

『日本残酷死刑史』（森川哲郎 著／日本文芸社）によれば、遠州吉田の城主、小原肥後守鎮実は、徳川家の家臣を妻子とともに磔にしたが、その際、特別に作らせた細身の槍で、肛門から串刺しにした。

しかし骨や内臓につかえて、槍はなかなか突き抜けない。そこで、いったん槍を引き抜いて、また刺すことを口から穂先がでるまで繰りかえしたという。

イエス・キリストが受けた磔のように、手足を柱に釘で打ちつけて放置するのもむごいが、恐怖と痛みの烈しさでは、日本のほうが上だろう。

日本の磔には、受刑者を海岸で逆さ吊りにして、満潮時に溺死《できし》させる「水磔《みずはりつけ》」と呼ばれるものもある。

しかし溺死による死刑では、西洋に軍配があがる。

『図説　刑罰具の歴史』（重松一義 著／明石書店）によれば、中世のドイツでは、受刑者の両手足を縛って袋に入れ、橋の上から急流に投げ落とした。

それだけならともかく、袋のなかには罪人と一緒に「何匹もの猫」を入れたというのである。なんの罪もない猫を殺すのは非道の極みだが、猫と一緒に急流に呑まれたらどうなるのか、ちょっと想像がつかない。

この刑はドイツだけのものではないそうで、ローマ時代からあるという。

べつのバージョンでは猫どころか、蛇、鶏、犬、猿も罪人とともに袋へ入れたというから、冥土へむかう桃太郎状態である。

おなじヨーロッパでは、魔女かどうかを試す「水審」というのがある。魔女の疑いをかけられた女性の両手両足を縛って、川や湖に投げこむのだが、「浮かべば魔女」で「沈めば無罪」だった。しかし、どちらにしても死ぬのだから、有罪だろうが無罪だろうが本人にとっては無意味である。

「車裂き」も怖い刑罰である。日本では、罪人の足を二頭の牛に縛りつけ、牛を松明《たいまつ》でおどして股を裂いた記録が残っているが、ヨーロッパはもうすこし凝っていて、「四つ裂き」が通常だった。

受刑者の手足を四頭の馬に縄で縛り、四方に走らせる。手足は当然、付け根からひきちぎれるが、場合によっては内臓も飛びでただろう。刑吏は円滑に刑が執行できるよう、前もって受刑者の腱《けん》を切り、筋肉にも切れこみを入れていたという。

「車輪刑」というのもヨーロッパ独自の刑罰で、非常に凝っている。受刑者は裸にされて、地面や処刑台の上に大の字で寝かされる。手足を杭《くい》か鉄の環に縛りつけたのちに、手首、肘、足首、膝、腰の下に頑丈な角材を通す。つまり段差をつけるのである。

そのあと刑吏は、ふちが金属でできた車輪で、死なない程度に手足や腰を打ちすえていく。

「車輪で打つ」という行為がわかりづらいが、当時の図版を見たところでは、刑吏が馬車に使うような車輪を両手で振りあげている。

この車輪刑の模様を『図説　刑罰具の歴史』から引用する。

《十七世紀ドイツの年鑑編纂者が目撃した話によると、受刑者の軀は変形してしまい巨大な木偶人形のようになり、悲鳴をあげ、血の海の中でのたうちまわっている。

それは手足の代わりに四本の触手がついた木偶で、蛸の化け物のようであり、ぬるぬるとしたむき出しの肉は形をとどめておらず、それが打ち砕かれた骨の破片と一緒くたになっているという。（ママ）》

なんとも無惨な光景だが、車輪刑の恐ろしいところは、これが第一段階にすぎないことである。このあと「蛸の化け物」のようになった受刑者は、車輪のスポークに軀を卍状に「編みこまれ」て、車輪に突き刺した棒で高く掲げられる。そのあと放置して、鼠や鴉に喰わすというのだから念が入っている。


ヨーロッパの刑罰で、わたしがいちばん怖いのは、かつてロンドン塔でおこなわれたという小部屋の幽閉である。

石の壁に囲まれた小部屋は、大人が背をかがめて、やっと入れるほどの広さしかない。そんなせまい空間だから、窓はもちろん明かりもなく、部屋のなかは真っ暗闇である。

食事は与えられるが、外にでることは許されない。横にもなれず、坐ることもできない中途半端な姿勢で、闇のなかに終日閉じこめられているのである。

死刑ではなかったようだが、受刑者はみな精神に異常をきたしたというから、死の宣告に近い。

怖い刑罰といえば、中国を抜きには語れない。『酷刑　血と戦慄の中国刑罰史』（王永寛 著／尾鷲卓彦 訳／徳間書店）によれば、中国は堯《ぎょう》、舜《しゅん》といった神話の時代から、耳そぎ、鼻そぎ、去勢、入れ墨などの「五虐の刑」を実施していたというが、後年になるほど刑罰の種類は豊富になり、内容も過激になる。

同書で紹介されている明末の呉爾《ごじ》著『仁書』から、刑罰の一例をあげると、湛身（水中に沈める）、焚（火中に投じる）、炮烙（熱した銅の筒の上を裸足で歩かせる）、自頸（みずから首を掻き切らせる）、不食（餓死させる）、閉口（口にものを入れて窒息させる）、雉経（紐で首を絞める）、扼吭（喉笛を絞める）、立槁（日にさらして殺す）、墜（吊りさげる）、臠（切り身にする）、斬、車裂、磔（八つ裂き）、鋸（のこぎりで挽く）、杖、笞、槌撃（槌で打つ）、刺（鋭い針をたくさん打ちこむ）、幽（女性器を潰す）、凍（凍死させる）、疽発背（背中に悪腫を植えつける）、慟哭（軀を動かし続けて休ませずに殺す）などがある。

中国の刑罰では、生殖器を切り取る宮刑が有名だが、いちじるしく残忍なのは「剝皮《はくひ》（皮剝《は》ぎ）」と「凌遅《りょうち》」だろう。

五胡十六国時代、前秦王の苻生は、顔の皮を剝いだ死刑囚を歌い踊らせて楽しんだ。

南北朝時代、北斉の統治者である高澄は、裏切り者の妻子の顔の皮を剝いだあと、油をひいた鉄釜のなかで、ふたりを炒め殺したという。さすがはチャーハンの本場である。「剝皮」は最初、顔面がおもだったが、のちに全身の皮を剝ぐようになった。なかでも蜀の張献忠《ちようけんちゆう》は「なにかというと皮剝ぎの刑を執行した」という。

皮を剝ぐときは、受刑者の首のうしろから、皮膚を背骨に沿って肛門まで切りおろす。そのあと皮膚を両側へ切り剝がしていくと、コウモリが翼を広げたような形になる。受刑者は、ほぼ一日で絶命したが、もし刑の執行中に受刑者が死んだりすると、刑吏もすぐさま死刑になったという。

「凌遅」とは「できるだけゆっくり」と軀を切り刻む、肉削ぎの刑である。どのくらいゆっくりかというと、明代正徳年間の宦官《かんがん》、劉瑾《りゆうきん》が肉を削がれた回数は「三千三百五十七刀」とされている。

十刀ごとに息を入れ、初日は親指から手の甲、胸の左右にかけてを三百五十七回にわたって肉を削ぎとったというが、劉瑾は「宦官」である。過去に宮刑を受けているのに「凌遅」まで受けるとは、どれだけ運が悪い人物だろうか。

ちなみに、わたしが考案した「怖い刑罰」は、「両眼の目蓋を切りとってから、両手の爪と肉のあいだにマチ針を根元まで刺し、すべての歯を神経が露出する程度にペンチで砕く。しかるのちに炎天下で雷おこしを喰いながら、芋掘りをさせる」というものだが、あまりにも痛そうだと、むしろ滑稽に思えてくるのはなぜだろう。

ところで、いままであげたような刑罰を採用したら、凶悪犯罪は減少するだろうか。凶悪犯罪が減らなくても、飲酒運転を厳罰化したら轢き逃げが急増したように、逃亡犯が増えるのはまちがいないだろう。

肛門から槍を刺されたり、猫と一緒に急流へ投げこまれたり、「三千三百五十七刀」も切り刻まれたりしたら、たまったものではない。捕まる前に自殺する者もでるだろう。

むろん人道的にはなはだ問題があるから、採用されるはずもないが、いまのままでいいかというと、それにも不満がある。

現在、わが国の凶悪犯罪に対する刑罰は、死刑をのぞけば懲役刑である。刑務所に一定の期間収監し、労働に従事させることで、贖罪と更生をはかっているわけだが、法務省の犯罪白書によれば、再犯者による犯罪は犯罪件数の六割を占める。

この数字を見る限り、更生の効果は薄いといわざるを得ない。

原因はいろいろあるだろうが、単純に考えれば、懲役刑が再犯を思いとどまるほどの苦痛をもたらしていない可能性がある。

つまり懲りていないのである。

元受刑者に聞いたり、資料を読んだりした範囲では、刑務所の生活は健康的すぎると思う。起床から就寝まで生活は規則正しいし、三度の食事は栄養バランスが考えられている。適度に運動をして、日光にもあたる。不調を訴えれば、医師の診療も受けられる。

また刑務所内では、ほかの受刑者と接することで、あらたな犯罪の知識も得られる。時間はたくさんあるから、書き取りの練習をして字がうまくなったり、本を読んで、やたらと法律にくわしくなったりする者もいる。

ふつうのサラリーマンは睡眠時間は足りないし、食事は偏る。運動不足は慢性的だし、少々体調がすぐれなくても仕事は休めない。

わたしの場合はさらに悲惨で、酒とコーヒーは浴びるほど呑むわ、煙草は二箱吸うわ、家にこもりきりで運動はしないわ、アイデアがでないストレスで年中いらいらするわ、軀に悪いことずくめである。

娑婆《しゃば》にいるわれわれがこんなに不摂生をしているのに、刑務所に入っているほうが健康的なのは、どういうことなのか。

実際、元受刑者に聞いたところでは、刑務所に入ると体調がよくなるらしい。覚醒剤で中毒になりかけた者が「シャブを抜く」ために、わざと捕まる場合もあるという。これでは、次の犯罪を生む活力を養っているだけである。

禁欲生活を強いられていたおかげで、娑婆にでれば、飯も酒も煙草も旨いだろう。異性とつきあうのも新鮮だろう。

健康になったうえに、一般人には味わえない快感も得られるのである。

再犯率をさげたいなら、刑務所は受刑者の生活を見なおすべきである。

まず食事は、朝食が「カツ丼と天ぷらうどん」、昼食は「豚骨ラーメンとチャーハン」、夕食は「ちゃんこ鍋で、締めは雑炊」を繰りかえす。すべて大盛りだが、汁一滴、飯ひと粒も残してはいけない。

食事のあとには、三食とも「大盛ぜんざい」か「羊羹一本」のデザートがつく。飲みものは、生ビールかコーラのみ。

煙草はショートホープを一日に二十箱がノルマである。

運動は厳禁だから、労働はない。日光にあたることもいっさいない。食事のとき以外は、終日寝転がって、漫画を読むかビデオを観ることを強制される。

漫画はなぜか『ビー・バップ・ハイスクール』と『魁!!男塾』しかない。ビデオは、いうまでもなく「遠山の金さん」か「大岡越前」である。ただし女性の場合、漫画は『エースをねらえ!』と『ベルサイユのばら』に変更される。

こういう刑務所生活を経て社会にでれば、もはや罪を犯すような元気は残っていないだろう。まずダイエットしなければ、走るのもままならない軀になっているはずである。

これはこれで人道的に問題があるというなら、とっておきの手段がある。

いまの刑務所では受刑者に木工や洋裁、皮革の加工や印刷といった作業をさせているが、これを撤廃して、あらたな課題を科す。

たとえば、男性受刑者の場合は「クラシックバレエ」である。世界三大バレエである「眠れる森の美女」「くるみ割り人形」「白鳥の湖」を、刑期を終えるまでに習得することが出所の条件になる。短期や中期の刑なら、ひとつかふたつでいいが、長期刑になると、三つとも習得しなければならない。

むろん、ひとりでバレエはできないから、受刑者たちでバレエ団を結成する。合否は公開審査で判断し、テレビやインターネットで全国中継する。刑期が満了しても、審査に合格するまでは釈放されない。

なぜクラシックバレエを習得させるかというと、単純に「恥ずかしい」からである。刑務所には、陰気で怖いという印象がある。それが凄みにつながっているから、その筋のひとたちは刑務所に入ると「ハクがつく」という。

ところが毎日バレエの練習をしていると思ったら、どうだろう。刑務所のハードな印象は一挙に消え失せる。しかも公開審査だから、踊っているところを全国民に見られてしまう。

どんな強面の親分でも、レオタードにトゥシューズで踊っているのを見たら、子分は吹きだすにちがいない。

刑務所についての会話も、絵にならない。映画「仁義なき戦い」ふうにいえば、

「昌三。こんなあ、何年打たれたんな？」

「八年じゃ。今度入ったら、くるみ割り人形じゃけん」

「くるみ割り人形いうたら、山守の親分もケツ割ったいうじゃないの」

「わしも歳じゃけん、踊れるかどうかわからん。間尺にあわん仕事をしたのう」

こんな調子では、ハクがつくどころではない。

前科者がいくら凄んでも、バレエを踊る姿が浮かんでくる。

もっとも、受刑者のなかには、バレエに目覚めてしまう者もいるかもしれないが、それはそれでいい。地味に木工などやるより、健康にもいい。公開審査を見ることで、国民も楽しめるから、いいことずくめである。

必ずしもバレエでなくてもいいが、再犯の防止には「苦痛」より「羞恥」が効果的だと思うがどうだろうか。

怖い酒

週末に呑みにでるのは、あまり気が進まない。

夜の街には、一杯機嫌の連中がそぞろ歩いているからである。

日頃から呑んでいる身としては、縄張りを荒らされているような心地がするし、屈託のない笑顔を見ると妬ましくもある。

自分は三十年近くも呑んだくれてきたくせに、ひとの酒を妬むのは意地汚いが、呑み助というのは往々にして意地汚い。まだ肝臓がつやつやしていそうな若者が景気よく呑んでいるのを見ると「おれの肝臓と、かえっこしてくれ」と内心で呼びかける。

いまのところ応じてくれた者はいないので、「まだ酒の怖さを知らないな」と腹黒い嗤《わら》いを浮かべて、悔しさをまぎらわせている。

けれども、酒が怖いというのは本音である。昔の年寄りが「気狂い水」と呼んだとおり、ちょっと呑みかたをまちがえると、とんでもない事態を招く。

同僚や上司にからむ、昔を思いだして泣く、あちこちに服や所持品を忘れる、重大な秘密を口走る、見知らぬ人物と喧嘩をする、好きでもない相手と関係を持つ、裸になって踊る、店や路上で寝込む、突然ゲロを吐く、力むと糞尿を洩らす、もろもろの不始末の記憶が飛ぶ。

まさに「気狂い水」だが、醜態をさらす程度はまだましで、ひとを殺傷したり、みずから命を絶ったり、痴漢をしたり、飲酒運転で事故を起こしたり、一杯の酒は人生を破滅させるだけの力を持っている。

生まれてはじめて泥酔したのは、高校二年の夏だった。

中学校の同級生だったTくんとYくんの三人で、標高千二百メートルほどの山にのぼった。山歩きをしたあと、中腹にある土産物屋で缶ビールを買った。

むろん、いいだしっぺは、わたしである。

美しい景色を見ながら呑んでいると、たちまち缶ビールは空になった。Tくんも呑んだが、Yくんはいっさい呑まなかった。

わたしとTくんは土産物屋にいって、また何本か缶ビールを買った。それが空になると、また土産物屋にいって、当時発売されたばかりだった缶入りのジンフィズを買った。

そのあとはワンカップの日本酒である。

「そろそろ帰ろうよ」

Yくんは不安げにいったが、もう止まらなかった。

わたしとTくんは、ひっきりなしに土産物屋を往復した。ウイスキーのポケット瓶を二本空けたところまではおぼえているが、そこから先の記憶がない。

どのくらい経ったのか、ひどい頭痛で眼が覚めた。目蓋を開けたら、山の夜空が見えるだろうと思った。ところが、あたりは騒々しい。

うっすらと目蓋を開けると、両親がこちらを覗きこんでいた。

視界の隅で赤い光がまわっている。窓の外を夜の街が流れていく。どうやら車に乗っているらしいと思ったとき、

「救急車が通過します。救急車が通過します」

とマイクで叫ぶ声がして、あわてて眼をつぶった。

次に眼を覚ますと、裸でベッドに横たわっていた。腕には点滴の管が刺さっている。

「失禁はしてませんね」

と看護師が無造作にパンツをめくった。

医師からは急性アルコール中毒だといわれたが、ただ寝ていたつもりなので、なぜ救急車で運ぶのかと不満だった。

あとで聞いたところでは、わたしとTくんが寝込んでしまったので、怖くなったYく

んが自宅に電話したのだという。Yくんの両親は、気の毒なことに山の中まで長駆タクシーを走らせて、われわれを乗せて地元にもどった。

ぼろ雑巾のような姿で帰宅した息子を見て、父は烈火のごとく怒り、わたしを玄関の三和土《たたき》に転がしておいたらしい。

しかし、いつまで経っても起きずに、しだいに軀が冷たくなっていく。

「この馬鹿は、死によるかもしれん」

ようやく父も不安になって、救急車を呼んだのだった。

TくんとYくんとは、彼らの両親の意向からか、それきり疎遠になった。

こういう経験をしたら、ふつうは懲りるのかもしれない。しかし、わたしの場合はまったく逆で、このときを境に、ますます呑みはじめた。

もともとが授業中に麻雀や花札をするような高校生だったが、教室の小博打で勝つたびに、夜な夜な呑みにでた。しまいには授業中にもウイスキーを呑んで、そのうち授業にもでなくなった。それでも卒業できたのは、先生がたの温情というほかはない。

はたちで水商売の世界へ入ったのも、酒が呑みたい一心である。

七時の開店から呑み、閉店後はべつの店をはしごして、朝の九時十時まで呑むという生活が三年近く続いた。

二十一のときに働いていたバーは、マスターが麻雀狂いで、いったん打ちはじめると、一週間も十日も帰ってこない。給料も適当で、まとまった金額をもらったことがない。

「いま、いくらかありますか」

遠慮がちに切りだすと、マスターはズボンのポケットから、しわくちゃの札を何枚かつかみだして、

「とりあえず、これでいいか」

惜しそうにくれるが、とりあえずもなにも、黙っていればそれっきりである。

マスターが留守のあいだ、わたしはひとりで店を切盛りする。腹立ちまぎれに客のキープを呑んでいたら、いつのまにか、すべてのボトルが空になった。

客がくると、ボトルを探すふりをするが、むろんそんなものはない。

「おかしいな。このあいだキープしたばかりだろう」

と客は首をかしげる。わたしはマスターの受け売りで、

「とりあえず、これを呑んでてください」

店用に一本だけ残してあるボトルをだす。

客はまた首をかしげるが、タダだから文句はいわない。

店用のボトルがなくなるたび、釣銭を持って近所の酒屋へ走る。つまりバーなのに、酒が一本しかないのである。

そんなことを繰りかえしていたから、売上げはいっこうにあがらなかった。

二十代の前半は、夜が明けるのが惜しいほど酒が呑めた。どれだけ深酒をしても、二日酔いもほとんどなかった。

それが二十代のなかばから、一気に衰えた。

ことに東京で居候をしていた頃が最悪で、呑めばほとんど泥酔した。はじめは、東京の友人を高校の同級生とまちがえて、方言で喋りかける程度だった。しかし文無しで、ろくに飯を喰わなかったのが祟《たた》ってか、日増しに症状は悪化した。

居候しているアパートがわからなくなって、明け方まで道に迷っていたり、ひとの家のテレビに小便をかけたり、気がつくと、知らない男と路上で殴りあっていたりした。

一時はこのまま死ぬかと思ったが、貧乏が幸いして、呑めない時期に体力が回復した。

しかし地元へ帰って、デザイン事務所にもぐりこんでからも、たびたび泥酔した。

無意識のまま呑み屋をはしごするのはしょっちゅうで、呑んだ記憶がないのに財布が空になっていた。眼が覚めると、他人の家の玄関だったこともあるし、喧嘩のあげく乗りこんだ交番で、ひとり留守番をしていたこともある。

二十代の後半から新幹線通勤をするようになると、「乗りすごし」が頻発した。勤務地の博多から地元の北九州までは、新幹線だと二十分にも満たないが、なにせ時速二百キロだから、ちょっとでもうたたねをすると、とんでもないところまで走っている。

おぼえているだけで、新下関に一回、広島まで四回、福山まで三回、乗りすごした。地元以外の読者には距離が伝わりにくいが、現在の運賃でいうと、博多から福山まで、片道六千三百円である。

酔って乗りすごすような時間だから、下りの新幹線はなく、乗りすごした先で泊まるしかない。翌日が休日だったのは、いちばん近い新下関のときだけで、あとは朝いちの新幹線でふつうどおり出勤した。

極めつきは、広島まで乗りすごしたあげく、なぜか普通電車に乗りかえて、厳島神社で有名な宮島までいってしまったときである。意識がはっきりしたのは電車のなかで、

「ははあ。最終の新幹線に乗れなかったので、鈍行に乗ったのだな」

われながら感心したが、どうも様子がおかしい。そのうち窓の外を「宮島ボート」という競艇場の看板がよぎって、ようやく事態に気づいた。

酒は呑んでいるときも怖いが、もっと怖いのは酔いが醒めたあとである。

そこそこの呑み助なら、二日酔いのつらさは身に沁《し》みているだろう。呑みすぎた翌朝、脳味噌を万力で締めつけられるような頭痛と、食道を焦がす胸焼けに苦しみながら、ゆうべ自分がなにをしたかを思いだすのは、身の毛もよだつ恐怖である。

思いだせれば、まだいい。どうしても思いだせないのに、もやもやと厭な感触だけが残っているのは最悪である。

そういう場合は、なにかしら好ましくない事態が起きている。よれよれの服や紫色に腫れた脛《すね》に狼藉《ろうぜき》の痕跡を見て、一段と不安に陥る。

恐る恐る受話器をとって、ゆうべ一緒に呑んだはずの人物や、顔をだしたとおぼしい店に電話をする。

「――もしもし」

と遠慮がちにいった瞬間、

「おぼえてますか。きのうのこと」

などと冷やかな声でいわれたら、心臓が縮みあがる。

相手は、ときにはいたぶるように、ときには呆れはてたように、ゆうべの醜態を口にする。内容によっては、世の中から消えてしまいたいような、このまま出家して坊主になってしまいたいような心地がする。

そんな思いをしても、陽が沈む頃になると、また呑みたくなってくるから恐ろしい。生来のだらしない性格のせいかもしれないが、それだけではないようにも思える。

酒を呑むのは「血のなせるわざ」だと、なにかで読んだことがある。

なるほど父母はそうでもないが、祖父は父方も母方も大酒呑みだったというから、先祖の血が、わたしに酒を呑ませるのかもしれない。だとすれば不可抗力で、御神酒《おみき》をあげるようなものである。

そういう詭弁《きべん》を弄《ろう》しながら呑んできたが、四十をすぎてからは、さすがに泥酔の頻度も減った。とはいえ駅の改札口で倒れていたり、路上で寝ていたりといったことは何度もある。

そんな状況で、一度も金品を盗まれなかったのは不思議だが、軀はもはやガタがきている。「怖い病院」で紹介した「久里浜式アルコール依存症スクリーニングテスト」(http://www.kurihama-alcoholism-center.jp/kurihamashiki.html)を、いまネットで試してみたら、一四・七点という数字がでた。

診断は「重篤問題飲酒群」で、むろんアルコール依存症の数字である。ご自分のアルコール依存度を知りたい方は、ぜひお試しいただきたい。

これも前に書いたが、七年前に「絶食絶飲で即入院」と医師からいわれて以来、病院へはいっていない。脂肪肝はその前からで、最後に測ったγGTPは200を超えていた。けれどもγGTPが200程度では、地元の先輩たちには「小僧」呼ばわりされる。

では、どのくらいが「小僧」でないのか。

建築設計事務所を経営する知人のRさんは、現在六十代なかばだが、「かけつけ三杯」と称して、生《き》の焼酎をグラスになみなみと三杯、一気に呑んでから、腰を据えて呑みだす。つまり一般人の「とりあえずビール」が「生の焼酎三杯」に相当するのである。

解体業を営んでいるCさんは、五十代の後半だが、体脂肪がほとんどない。本人に聞いたところでは、特に運動をしたわけでもなく、生まれつき筋肉ばかりなのだという。

Cさんは以前バーを経営していたが、地元へ公演にきていたボリショイサーカスの面々が、たまたま店へ呑みにきた。すると、彼らのひとりがCさんの軀つきに眼をとめて、腕相撲をやろうといいだした。サーカスをやるくらいだから、腕力は尋常でない。

しかし結果は、Cさんの圧勝だった。それから、われもわれもと挑戦されたが、サーカスの面々をひとり残らず負かしてしまった。

そういう人物とあって、酒は浴びるほど呑む。元旦には家族三人で一斗樽を空ける。それほど呑むのに、肝臓の数字は正常値だというからふざけている。

地元で三十年ほどスナックを経営していたHさんは還暦をいくつか越えているが、知りあった十数年前からγGTPが500以上あった。

しかも緑内障のうえに重度の通風で、足の親指は変形し、首には大きなコブができている。それでいて、いまだに破竹のごとく呑むのだから、医学の常識を覆しかねない。

こういう先輩がいる限り、わたしは永遠に「小僧」である。

坂口安吾のエッセイにでてくる老人は、Hさんとおなじく重度の通風で、呑んでいると頭のてっぺんから血がにじんでくるが、それを雑巾で拭き拭き呑むという。

安吾自身もアドルム中毒のうえに大酒呑みだったが、かつて文士と呼ばれたひとびとは、みな呑みかたがすさまじい。

太宰治は酔ったあげくの入水自殺だし、檀一雄と中原中也は呑むたび喧嘩三昧で、後年、新宿で焼鳥屋をはじめた草野心平がそれに加わる。

獅子文六は酔ったあげくに、小林秀雄を追いかけて警察沙汰になっている。

稲垣足穂は、酔うとライオンやら、ひとの死にざまやらの「ものまね」をはじめて果てしがなく、四、五日のあいだ悶絶するまで呑み続ける。晩年はビールが晩飯だった。

児童文学で知られる鈴木三重吉は、芥川龍之介が激怒するほどのからみ酒で、歌人の若山牧水は、近寄るとゴミ箱のような悪臭がするアル中、葛西善蔵は作品を書くために旅館でカンヅメになったはいいが、呑み代で赤字になった。幸田露伴は「愛犬にたしなめられる」ほどの酒豪で、晩年の病床でも酒を注文したという。

健康ブームに熱をあげているひとから見れば、実に馬鹿げた話だろう。

酒を呑んだところで、肉体的にも経済的にも、得るものはなにひとつない。下手をすれば寿命を縮めるうえに、他人にも迷惑がかかる。

ならば禁止しようというのが昨今の風潮だから、「健康増進法」という法律ができたりするが、個人の健康について国家がとやかくいうものではない。

健康というのは、ひとつの思想であって、かくあるべしと一律にくくれるものではない。健康健康と、朝から晩まで体調を気遣っているほうが病的ではないか。

人間は死ぬのがさだめであって、死ぬべきときには死んだほうがいい。

軀だけ健康で長生きしても、その果てになにがあるのか、あまたの老人施設を見るがいい。「健康増進法」など、よけいなお世話である。

どうせよけいなお世話なら、いっそ「顔面整形法」だの「陰茎増大法」だの「禿頭増毛法」だのも作ったらよろしい。

まんざら冗談でもなく、このまま健康志向が進めば「禁煙法」はもちろん「禁酒法」だの「節酒法」だのが成立してもおかしくない。けれども世の中がうわべの健全を装うほど、闇が深くなるのは歴史を見るとおりである。

この先どうなるにせよ、酒に罪はなく、呑む人間にあるのはいうまでもない。

悲喜こもごも、愛憎入り混じったところに酒の味はある。

怖い絵

久世光彦さんの名著『怖い絵』（文春文庫）に、次のような文章がある。

《たとえば、食卓のある部屋の壁にクロード・モネの睡蓮の絵が架けられた家庭に幼時を過ごした子がいるとする。一方、親が何気なくギュスターヴ・モローのサロメの絵を飾った部屋で三度の食事をして育った子がいたとして、この二人の子のそれからの日々を想うと、何年もの間、日常の視界にあったそれぞれの絵はきっと二人の人生に何かの関わりを持っているだろうし、長じたときの二つの心の距離は考えもおよばないくらい遠く離れているのではないかと思うのである。》

この一文を読んだとき、なるほどと感心しつつ、幼い頃、わが家の壁になにが飾られていたのかを考えた。

すると浮かんできたのは、父親が描いたヘタクソな「オモトの鉢植え」だった。父親は、あとにも先にも絵など描かなかったから、おおかた思いつきで描いた一枚だろう。そういう絵を見て育ったのでは、この程度の感性しか得られなかったのは当然である。せめて画集のひとつでもあるような家に生まれていたら、もうすこしましな人間になったのではないかと悔やまれる。

わが家に百科事典が登場したのは、小学校に入った頃だったか。算数だの地理だの産業だのといった巻には見むきもしなかったが、動物や保健体育、美術の巻はよく眼を通した。

そこでようやくまともな絵画に触れる機会を得たのだが、子どもむけの百科事典だから、あまり過激な絵は載っていなかった。それでもジェリコの「メデューース号の筏」やムンクの「叫び」、岸田劉生の「麗子像」は充分に怖かった。

果物や野菜を寄せ集めて人物を描いたアルチンボルドの肖像画も不気味だったし、肉体を継ぎはぎしたようなダリの「内乱の予感」には、いい知れぬ不安を覚えた。青空を怖いと思ったのは、この作品が最初ではなかろうか。

ひとつ眼の巨人が山越しに裸女を覗きこんでいるルドンの「キュクロプス」にも、ぞっとした。害意はなさそうだが、強い執着がありそうな巨人の眼が怖いのである。

もっとも、それはいまの感想であって、当時は子どもだから、どの絵を見ても深い意味などわからない（いまでもわからないが）。ただ、この世には恐ろしいことがたくさんありそうだと思ったのである。

いままで見たなかで、もっとも怖い絵のひとつは、ゴヤの「わが子を喰らうサトゥルヌス」だろう。ゴヤが晩年近くに隠棲《いんせい》した「聾者《ろうしゃ》の家」に描かれた十四枚の壁画――いわゆる「黒い絵」の一枚である。ローマの神サトゥルヌスがおびえた表情でわが子を食べるという構図だが、ルーベンスもゴヤ以前におなじテーマを描いている。

開高健は吉行淳之介との対談（『恐怖・恐怖対談』吉行淳之介 著／新潮文庫）で、ゴヤは飢えというものの真実をどこかで齧ったにちがいないと語り、ルーベンスとの比較では、ほんとうに飢えを知った者と、概念で飢えを知った者とのちがいと論じている。

ゴヤの「わが子を喰らうサトゥルヌス」はプラド美術館で実物を見たが、国際的に悪い人相のせいか、警備員に捕まって荷物を調べられるという目にも遭って、二重に怖かった。

ボッシュの「快楽の園」とピカソの「ゲルニカ」も、このときに見た。鳥だか魚だかわからない怪物がでてくるボッシュの絵はむろん怖いが、「ゲルニカ」も巨大な実物を見ると、かなり怖い。百科事典や教科書で見るのとは、迫力がちがうのである。

海外の怖い絵というと、ベックリンの「死の島」、ベラスケスの「インノケンティウス十世像」をモチーフにしたベーコンの「インノケンティウス十世像による習作」も浮かんでくる。後者については中野京子さんの『怖い絵』(朝日出版社)に詳細な解説がある。

ちなみに「インノケンティウス十世像による習作」は、二〇〇七年におこなわれたサザビーズのオークションで、日本円にして六十三億円で落札されたという。

ほかには、廃墟ばかり描いた謎の画家、デジデリオや、精神病院で絵を学んだゾンネンシュターン、近年強盗(親戚あるいは長年の友人の息子だといわれている)に殺害されたベクシンスキーの作品も怖い。ベクシンスキーは彼自身の最期も悲惨だが、数年前には妻に先立たれ、息子も鬱病で自殺するという不幸に見舞われている。

ベクシンスキーの作品には「3回見たら死ぬ」という、いわくつきの絵があるが、本書のカバーイラストがまさしくそれである。そんな絵を表紙に使うとは何事かと、お怒りの読者がいるかもしれない。

けれども、わたしが調べた限りでは噂に根拠はなく、インターネット上の都市伝説とおぼしい。そもそも、この絵を見ようと見まいと、人間はどのみち死ぬので、死なないほうが不思議である。

わが国の怖い絵では、円山応挙や河鍋暁斎の幽霊画、月岡芳年や絵金こと弘瀬金蔵の無惨絵あたりが代表だろう。個人的には小山田二郎の「鳥女」や「ピエタ」、佐伯祐三の「立てる自画像」、鴨居玲の一連の作品が怖い。

鴨居玲の絵をはじめて見たのは、十五年ほど前に勤めていた広告代理店の社長室だった。絵画のコレクターだった社長のデスクのうしろに、なんともいえず恐ろしい人物画があった。ほとんど真っ黒に近い表情のなかに、絶望というか悲哀というか、生きることの苦悩が凝縮されているようで、はじめて絵を欲しいと思った。

絵の題名は忘れたが、鴨居玲という名前は記憶に残っていたから、のちに値段を調べてみると、どれも眼の玉が転がりでるような値段で、手も足もでなかった。

甲斐庄楠音と高島野十郎は、前述の久世さんの本で知った。甲斐庄楠音は大正時代に活躍した画家で、女の情念を描かせて比類がないが、当時の画壇の指導者的存在であった土田麦僊から「穢《きたな》い絵」と評されて、展覧会への出品を拒否された。

その後、映画界へ活躍の場を移して、風俗考証を担当した溝口健二監督の「雨月物語」がヴェネツィア映画祭で銀獅子賞を受賞している。岩井志麻子さんの傑作『ぼっけえ、きょうてえ』の表紙は、甲斐庄楠音の「横櫛」だが、まさにベストチョイスである。

高島野十郎は、蠟燭《ろうそく》や月など静物画ばかり描き続けた画家で、生前はほとんど無名だった。徹底して写実を追求した画風で、なかでも生涯にわたって描き続けた蠟燭の絵は、どれも怖いほど緻密《ちみつ》である。久世さんの『怖い絵』によれば、高島野十郎の「蠟燭」は、暗いなかに置くと、あたりがほんのり明るくなるのだという。

拙作も収録されている『闇夜に怪を語れば　百物語ホラー傑作選』（東雅夫 編／角川ホラー文庫）の表紙に高島野十郎の「蠟燭」が使われると知ったときは、なんともいえずうれしかった。


著名な画家の「怖い絵」に触れてきたが、ごく一般的な絵にも、怖いものがある。

一九八五年、イギリスの南ヨークシャーでは火災が頻発していたが、地元の消防士のあいだでは、ある噂が囁かれていた。

その噂とは、火災現場に残る「燃えない絵」の存在であった。すべてが灰になるような火事にもかかわらず、特定の絵だけが無傷で残っているのが、消防士によって何十件と目撃されていた。その「燃えない絵」は、まったくおなじものの場合もあれば、そうでない場合もあるが、モチーフはすべて一緒で「泣く少年」を描いたものだった。

『恐怖の偶然の一致』（TBSテレビ 編著／二見書房）によれば、「泣く少年の絵」は、ヨーロッパで人気のシリーズで、二歳から五歳くらいまでの少年が眼に涙を浮かべた愛らしいものだという。

この消防士たちの噂を、大衆紙「サン」が報じたことで、騒ぎは一段と大きくなった。

一九八五年九月四日、問題の記事が掲載されたとたん、「サン」紙には読者からの電話が殺到したが、そのなかには「泣く少年の絵」を持っていて、火事に遭ったという声がたくさんあった。

ある人物は自宅が全焼し、壁にある絵もすべて焼けたが、半年前に買った「泣く少年の絵」だけが残った。またある人物は、本人と義理の妹、友人の三人が、三人とも「泣く少年の絵」を買った直後に火災に見舞われた。

思わぬ反響に「サン」紙は驚き、寄せられた情報を翌日の特集記事にしたが、以降もたて続けに同様の火災事件が続いた。

長くなるので詳細は省くが、どの火災も現場に「泣く少年の絵」があり、しかも焼け残っているのである。極端なケースでは、両側に飾られていた絵が焼け落ちているのに、まんなかにあった「泣く少年の絵」は無傷だったという。

この「泣く少年の絵」は、いまでもイギリスへいけば簡単に買えるというが、知らずに買ったひとはともかく、火災保険目当てで家を焼きたいひとには便利かもしれない。保険会社からクレームはついていないのだろうか。

火事にはならないが、燃やしても、いつのまにかもどってくるという絵が日本にある。以前テレビ番組で紹介されて話題になった「ヒカルさんの絵」である。

四国の某大学の地下倉庫に現存する絵で、作者は不明らしい。番組中に観たところでは、一九七〇年代に描かれたようで、絵の裏側に制作年を示す記述があったと記憶する。学生とおぼしい若い女性がモデルで、ぱっと見には、なんの変哲もない。

しかしよく見ると、女性の眼が異様に怖いのである。

どこか憎悪と狂気を孕んだような眼で、こういう描きかたをすれば、ふつうはモデルが厭がるだろうから、あるいは自画像かもしれない。

うろ覚えだが、「ヒカルさんの絵」には、こんないわくがある。

絵のモデルになった女子大生は、あるとき大学の地下にある図書室で、読書に夢中になるあまり、閉館時間をすぎたのに気づかなかった。

やがて見回りにきた警備員も彼女の存在に気づかず、図書室の鍵を閉めたが、折悪しく大学は翌日から夏休みに入った。彼女は図書室に閉じこめられたまま餓死し、遺体が発見されたのは夏休みが明けたあとだった。

それ以来「ヒカルさんの絵」にまつわる、さまざまな怪異が報告されるようになった。いつのまにか眼が動く、絵から女性が抜けだす、絵を指さすと必ず怪我をする、絵を燃やしても、もとの場所にもどってくる、といった内容である。

噂の真偽はともかく、テレビでこの絵をみたときは、鳥肌が立った。

いかなる意図で描かれたのか、まったく見当がつかなかったからだが、絵に限らず制作意図がわからないものは怖い。

テレビを観て戦慄した絵は、もうひとつある。

この件については、あちこちで触れてきたから、いまさら書くのもはばかられるが、絵というお題でははずせない。一応は後日譚もあるということで、既読の方はご容赦願いたい。

わたしが小学校低学年の頃の話である。

夏休みに従姉の家へ遊びにいったとき、漫画雑誌かなにかの別冊で、怪奇特集の本があった。そのなかに小学校の用務員が教室で見たという幽霊の絵が載っていた。

用務員がスケッチしたというそれは、ざんばら髪で眼を見開き、歯をむきだした男の顔だった。男の首には穴があいて、だらだらと血が流れている。

こう書くと怖そうだが、お世辞にも上手ではない絵だったせいか、たいして怖いとは思わなかった。けれども奇妙な迫力があるのもたしかで、その絵のことは印象に残った。

それから十数年が経ったある日、わたしは実家でひとりテレビを観ていた。

ちょうど昼のワイドショーで心霊特集をやっていて、画面には小学校らしい建物が映っている。この小学校は廃校になっているが、幽霊がでると噂されている、と女性のレポーターがいう。隣には、霊能者と称する地味な中年女性が立っている。

「いまから問題の教室を霊視していただきます」

というようなことをレポーターがいって、ふたりは学校のなかを歩いていく。生放送とあって、あたりは明るく、まるで怖い雰囲気はない。

やがて霊能者は、ある教室に入ると、そこに幽霊がいると天井の隅を指さした。カメラはその場所をアップにしたが、むろんなにも映らず、スタジオの雰囲気も盛りあがらない。

レポーターは、いま見えているものを描いてくれといって、スケッチブックとペンを霊能者にわたした。霊能者がすらすらと描きはじめた絵を見て、わたしは首をかしげた。

ざんばらの髪、見開いた眼、歯をむきだした口——十数年前に見た用務員のスケッチにそっくりである。しかし偶然の一致だと思ったし、そう思いたかった。

ふと用務員のスケッチには、首の穴と流れる血が描かれていたのを思いだした。いくら似ていても、それがなければ偶然の一致だろう。そう考えていくぶん落ちついたが、たちまち眼を疑った。

霊能者は、わたしの記憶にあるとおりの、首の穴と流れる血を描いたのである。

そこで中継は終わり、カメラはスタジオに移ったが、ゲストも観客も怖がっている者はいない。テレビの前のわたしだけが、歯の根があわないほどおびえている。

番組はべつの心霊がらみの話題をはじめている。けれども、こちらはうわの空である。

途中で視聴者の女性から、スタジオに電話が入った。

さっき霊能者が描いた絵が、亡くなった夫によく似ていると電話の女性はいった。彼女によれば、あの小学校は戦時中、空襲による負傷者を収容していたらしい。自分の夫も焼夷弾《しょういだん》で首に大怪我をして運びこまれたが、手当のかいもなく亡くなったという。

「小学校の頃に読んだ、あの用務員の話は、ほんとうだったんだ」

愕然として画面を見つめていたが、その話題はそれきりで終わった。

あのとき、番組を観ていた何万だか何十万だかの視聴者のなかで、あれほどの恐怖を感じたのは、恐らくわたしひとりだろう。


以上の体験を、わたしは処女作の短篇集に挿話として用い、対談やインタビューでも、たびたび口にしてきたが、自分も子どもの頃におなじ絵を見たという人物が何人もいた。みなわたしと同年代だったから、当時はかなり注目されたものらしい。

五年ほど前、ようやくその絵が掲載されている本が判明した。

『わたしは幽霊を見た』（村松定孝　著／少年少女講談社文庫）である。

インターネットで何軒も古書店をあたって、ようやく入手したが、いまでは希少な本らしく、定価からすればかなり高価だった。

小学生の頃にわたしが見た絵は、まさしくこの本に載っていた（次頁に転載）。けれども本文には、小学校も用務員もでてこない。この絵は、一九五二年八月二十日午前三時三十分に、青森在住の医師、大高興さんが下北半島のむつ市の病院で目撃した幽霊をスケッチしたものだという。

ということは、わたしの記憶ちがいかと思われた。

この本の話と、べつのところで読んだものを混同したのかもしれない。ところが、いくらページをめくっても、この本を読んだ記憶がないのである。

この本に載っているのは、いずれも印象深い怪談で、巻末には、昭和における実話怪談の集大成といえる『日本怪談集　幽霊篇』（今野圓輔　著／現代教養文庫）をものした今野圓輔氏と小学生の対談まで載っているのだから、いっぺん読めば忘れるはずがない。

もっとも、幼時の記憶はあてにならぬものである。わたしの記憶ちがいでないと断言はできないが、すると、あのテレビ番組はなんだったのか。

あの番組で観たのは、まちがいなく小学校だったが、そこで霊能者が描いた絵が、どうして一九五二年に描かれた絵とそっくりなのか。

番組中に電話をしてきた、妻と称する女性はなんだったのか。

わたしは、いまもわからないでいる。

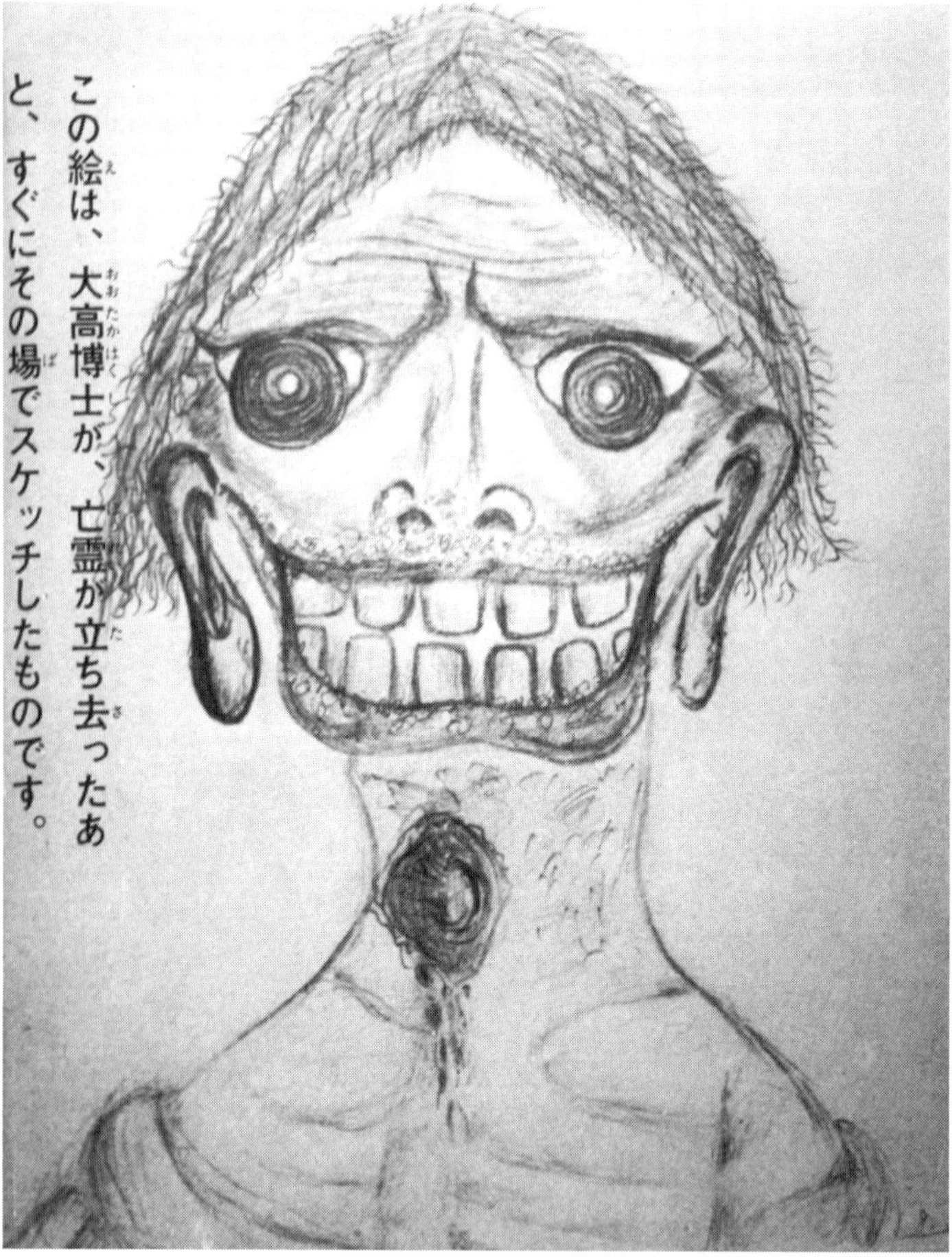

この絵《え》は、大高博士《おおたかはくし》が、亡霊が立《た》ち去《さ》ったあと、すぐにその場《ば》でスケッチしたものです。

■少年少女講談社文庫『わたしは幽霊を見た』村松定孝・著（1972年11月24日 第1刷）より転載

怖い数字

もの書きというと、一攫千金《いっかくせんきん》の商売のように思っているひとがいる。

「あれだけ本をだしとるんやから、だいぶ儲けとるやろう」

ひさしぶりに逢った知人からそういわれて、最近の収入を教えたら、とたんにのけぞった。

しかし、にわかには信じられないらしく、

「それにしちゃあ、景気よさそうやないか」

疑いのこもった上目遣いでいう。景気よく見えるのは、貧乏でなかったためしがないので、金がなくても平気なせいだろう。

周囲はともかく、父は息子の一攫千金を期待していない。

けれども自分の一攫千金は信じているようで、

「今年こそは、年末ジャンボが当たる気がするが、おまえにはやらん」

と真顔でいったが、むろん当たるはずがない。

かれこれ半世紀も宝くじを買い続けて、千円以上当たったことがない男である。

わたしが小学生の頃、両親は宝くじが当たった場合、金をなんに遣うかで揉めていた。取らぬ狸の皮算用もいいところで、子ども心にもあほらしいと思ったが、いまだに父は宝くじが当たるという妄想を捨てきれないらしい。「怖い偶然」でも書いたが、年末ジャンボ宝くじで一等が当たる確率は一千万分の一である。何年か前に米航空宇宙局（NASA）が、二〇一九年に小惑星が地球に衝突する可能性があると発表した。その確率は二十五万分の一だから、年末ジャンボよりよほど当たる。

二〇〇七年の年末ジャンボの広告は「億万長者が296人」というコピーだった。二百九十六人という人数だけ見れば、いかにも当たりそうな気がしてくるが、単に分母が大きいだけで、一千万分の一という当選確率に変わりはない。いわば数字のトリックである。

あらゆるギャンブルのなかで、宝くじの控除率は五十パーセントと法外に高い。競馬や競輪、競艇の控除率は二十五パーセント（厳密には十円未満を切り捨てるため、さらに控除率は高い）だが、一般人が胴元になって、これだけのテラ金を徴収すれば、賭博場開張等図利罪に加えて詐欺罪が適用される。

なぜなら絶対に客が勝てないからである。

二十五パーセントの控除で詐欺なら、五十パーセントは、ぼったくりバーである。年末ジャンボは「当たれば人生デラックス」などと、貧乏人を小馬鹿にしたようなCMを流していたが、販売元は売上げの半分もぶんどっているのだから、はじめからデラックスである。

それなのに庶民は、連番で買うかバラで買うかと無意味な知恵を絞り、当たり券がよくでるという売場に長蛇の列をなしたりする。当たり券がよくでる売場というのは、まったくのナンセンスで、ひとがたくさん買う売場は当たりも多いに決まっている。

こんなことをいうと、周囲からは「庶民のささやかな楽しみなんだから、野暮なことをいうな」といった思考停止の意見がかえってくるが、詐欺的な商売に憤るべきである。

保険会社のCMで「保険期間中、無事故ならボーナスとして××万円を受けとれます」というのがある。ボーナスというと、いかにも儲けたような気がするが、なんのことはない。自分が払った金の一部をかえしてもらっているだけで、ここにも数字のトリックがある。いいかたは悪いが、保険会社というものは、保険期間中に「ひとが死んだり事故に遭ったりしない」ことに賭けている商売である。あるいは、そういう事態が起きても、極力支出を抑える商売であるのは、最近問題になった保険金の不払い事件を見ればわかるだろう。

保険会社が「ひとが死んだり事故に遭ったりしない」ことに賭けているのに対して、客側は「自分や家族が死んだり、事故に遭ったりする」ことに賭けている。

保険加入者がそれを願っているかどうかはべつだが、保険会社と客の関係は、ギャンブラーと胴元の関係とおなじである。保険料は予定死亡率、予定事業費率、予定利率といった確率計算によってなりたっている。


保険とおなじく金融機関にも、数字のトリックがひそんでいる。

ことにサラ金は「ご利用は計画的に」とか「無理のないご返済」などと広告しているが、利益を確保するために返済額を固定して、融資期間を長びかせたり、完済しそうになると融資枠を増額して、借金をうながしたりする。そもそもサラ金で金を借りる時点で無理をしているのだから、「無理のないご返済」とは笑止である。

いかにサラ金の返済が困難か、一例をあげる。

出資法の上限金利二九・二パーセントで五十万円を借りて、毎月一万円を返済したとすると、何年で完済できるか。

答えは、永遠に完済できない。

なぜなら、毎月の利息だけで一万円を超えるからである。

最近は利息制限法の上限を超えるグレーゾーン金利の見直しがおこなわれているものの、今度は「貸し渋り」や「貸しはがし」が起きて、債務者を苦しめている。

健康食品のテレビショッピングで「なんとビタミンCはレモンの××倍！ ビタミンB_1はトマトの××倍！ 食物繊維はキャベツの××倍！」などと大仰に叫んでいるのを、よく見かける。サクラの主婦たちが「ええーッ」とわざとらしく感嘆するのがお約束である。ぱっと見には、いかにもビタミン豊富なようだが、この「××の××倍！」というのは、かなり怪しい数字である。

レモン一個に含まれるビタミンCは二十ミリグラムである。ビタミンCの一日あたりの必要量は百ミリグラムだから、必要量を満たすには、毎日レモンを五個も食べなければならない。

ならばレモンの五倍のビタミンCがあればいい気がするが、あくまでそれはレモン五個に対しての数字である。「なんとビタミンCはレモンの××倍！」というのは、ただの比較であって、実際に何ミリグラムのビタミンCが含まれているかが問題なのである。けれども、CMだけ見ていると「××倍！」という数字にひっかかってしまう。

ひどい健康食品になると、レモンよりはるかにビタミンCがすくない野菜を例にとって、「××倍！」と宣伝していたりする。以前うっかりその手の食品を買って成分表を見ると、ビタミンの種類だけは多いものの、どれも皆無に近い量だった。

そんなに「××倍！」といいたいのなら、いっそ栄養のないものと比較して「ビタミンCはデジタルカメラの100億倍！」とか「食物繊維は素粒子の無限倍！」とかいえばいい。


健康についての報道でも、似たような表現を見かける。

二〇〇七年の暮れに厚生労働省研究班からの発表で、家庭で煙草を吸う夫の妻は、受動喫煙で「肺腺癌」になるリスクが高いと大々的に報じられた。

テレビのニュースやワイドショーでは、例のごとく、道行く主婦にインタビューをして「もう主人にいって、煙草はやめさせます」とか「絶対に家では吸わせません」とか、ヒステリックな意見をひきだして得意げであった。

いったいどのくらいの比率で「肺線癌」になるのか。

新聞記事やインターネットを調べてみると、この調査は、四十歳から六十九歳の煙草を吸わない女性二万八千人を対象に十三年間にわたっておこなわれた。

もっとも記事が詳細だった産経新聞によれば、調査の結果、肺癌を発症したのは百九人で、そのうち肺の奥にできる「肺腺癌」だったのが八十二人、そのなかで夫が喫煙者、あるいは過去に喫煙者だった女性は六十七人。統計学的な計算では、三十人は受動喫煙がなければ「肺腺癌」にならなかったはずだという。

二万八千人に対する三十人だから、おおまかにいって発症の確率は千分の一である。

これを多いと見るか、すくないと見るかはべつにして、おなじ記事中に「別の調査では、肺がんの女性の約七十パーセントは非喫煙者とのデータもある」とある。またべつの報道では「肺がん全体では夫の喫煙による発症リスクはやや高まったが、統計学上、有意な差はなかった」ともある。

となると、大騒ぎするほどの話ではないような気がする。

だいたい煙草のパッケージには「喫煙は、あなたにとって肺がんの原因の一つとなります」と、デザインを犠牲にして、でかでかと書かれている。それにしては「肺がんの女性の約七十パーセントは非喫煙者」とか「統計学上、有意な差はなかった」というのは妙である。

ところがニュースの見出しだけ見ると、

「夫からの受動喫煙、肺がんリスク2倍に」

「肺腺がん　喫煙男性の妻、リスクは2倍」

「肺腺がんのリスク2倍　夫から受動喫煙の妻」

「〈肺腺がん〉夫が喫煙者…妻の危険2倍に」

といった具合に「2倍」ばかりが強調されているから、喫煙者の夫を持つ主婦がヒステリックになるのもうなずける。見出しのなかには「肺腺癌」ではなく、おおざっぱに「肺がん」と書いているのもある。

一説には、日本人が癌に罹る確率は二分の一といわれているが、それが「二倍」なら、必ず癌になるかのようである。

とはいえ、すこしでも健康を害するものは世の中から排除したいというのが最近の風潮だから、発症率が何分の一だろうと、煙草は悪なのだろう。

わたしは喫煙者だから、うがった見方をしているようにとられるかもしれない。けれども、ひとが厭がる場所での喫煙はしないし、禁煙ファシズムがどうこうというつもりもない。ただ、針小棒大的な報道や、あいまいな数字に踊らされたくないだけだ。

少々話はずれるし、論旨のすり替えといわれるのを承知で書くが、この世でもっとも健康に悪いのは車である。すこしでも健康を害するものは排除したいというなら、車のありかたを真っ先に検討すべきだろう。

警察庁の発表によれば、二〇〇七年度の交通事故による死者は五千七百四十四人である。交通事故による死者は七年連続の減少で、六千人を下まわったのは五十四年ぶりだという。減っているからいいじゃないかという意見があるかもしれないが、それでも一年に五千七百四十四人である。9・11の同時多発テロより、死者の数ははるかに多い。

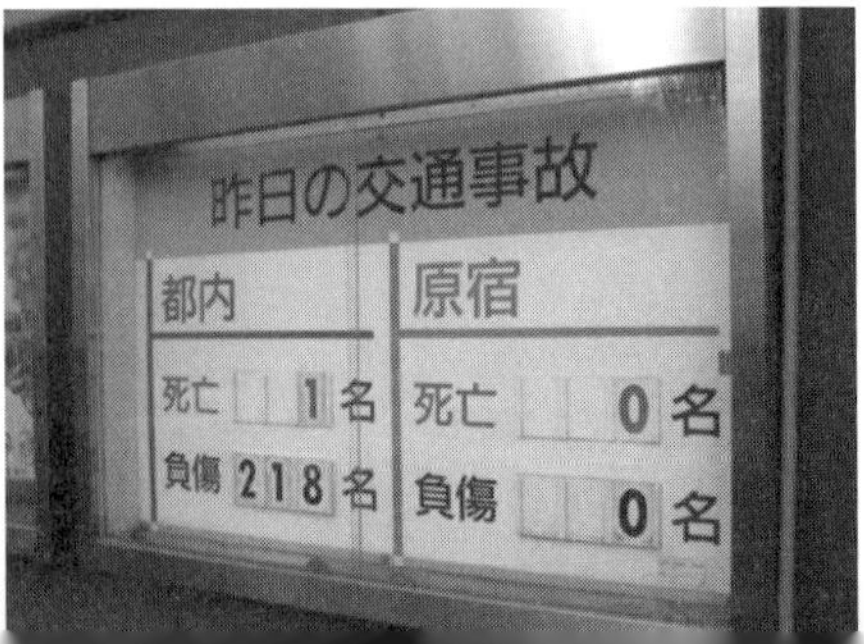

ところが数字のトリックはここにもあって、五千七百四十四人というのは、事故から二十四時間以内に死亡したひとの数でしかない。

事故が原因で、それ以降に死亡したひとは含まれていないのである。さらに死亡こそしていないが、後遺症の残る深刻な怪我をしたひとも大勢いる。

ここ数年、交通事故による死傷者数は百万人を超えているのである。つまり百人にひとりは交通事故で死傷しているわけで、被害は戦争なみといえる。交通戦争という言葉はすでに死語だが、現状は変わっていない。一日あたり十五人、一時間半にひとりが交通事故の犠牲になっているのである。

最近も、三人の幼児が犠牲になった飲酒運転追突事故が記憶に新しいが、他人事ではない。飲酒運転をしなくても、車を運転する以上、なんらかの原因でひとを殺してしまうことは充分にありうる。

夜道に酔っぱらいが寝ていたら、停車中にタイヤの下に赤ん坊がもぐりこんでいたら、誰だって轢いてしまうではないか。

車は、十八歳の女性でも百歳の老人でも、殺人者に変える凶器である。ドライバーは、みな自分が便利に移動するためだけに、ひところしになるリスクを負っているのである。

しかも有毒な排気ガスを、ところかまわずまき散らして地球温暖化を促進するのだから、その害は煙草どころではない。

煙草は嗜好品で、車は必需品だという意見もあろうが、これだけ交通機関が発達している時代に、車が必需品なのはタクシーやトラックの運転手とか、僻地《へきち》に住んでいるとか、ごく一部の人々だろう。暴走したいだけの若者や、運転中にメールを打つＯＬや、認知症の老人が車に乗る必然性はないだろう。

むろん、いまさら車のない時代にはもどれない。しかし現状を見なおすことはできる。たとえば、かねがね疑問に思っているのだが、車の車体はなぜ金属なのか。金属だから、轢かれれば痛いし、死にも至る。素人考えだが、ふわふわとやわらかいスポンジ状だの、ゴム状だのの車体だったら、もうすこし死傷者を減少できるのではないか。

現に遊園地のゴーカートには、バンパーにゴムを張って、幼児が乗っても安全なものがある。ああいう車なら、ぼよよんと跳ね飛ぶだけで助かるかもしれない。

にもかかわらず、そうしないのはスポンジやゴムでモコモコしたような車に乗りたくないからである。人命よりデザインが優先されているからである。

ところで交通事故よりも死亡者数が多いのが、意外にも家庭内の事故である。浴室での溺死や転倒、トイレでの突然死、階段からの転落、火災やガスなどの中毒で亡くなるひとは、年間六千人を超えるという。

ずば抜けて死亡者数が多いのが浴槽での溺死で、家庭内事故の約半数を占めている。

その理由は、入浴の際の血圧や血流の変化だという。日本の浴室は欧米とちがって空調設備がないために、室内との温度差が烈しい。それが心筋梗塞や脳梗塞の引き金になる。

余談めくが、風呂を沸かしている最中に溺死するのは悲惨である。家族が留守だったり、ひとり暮らしの場合だと風呂はそのまま沸き続けるから、しだいに軀が煮えてくる。ひと晩も経つと、筋肉も脂肪も溶けだして、風呂の湯は豚骨スープのように白濁する。

現在の風呂は自動的に温度調整ができるものもあるようだが、そうした事件は過去にいくつか起きている。

夏樹静子さんの「陰膳」という短篇にも、作中の挿話として類似の話がある。

わたしが実家に住んでいた頃、深夜に帰宅してドアを開けると、むうッとした熱気が室内に充満していた。天井も床も水びたしで、壁のカレンダーやポスターがめくれあがっている。

なにごとかと思ったら、浴室のドアが半開きで、そこからもうもうと湯気がでている。あわてて浴室に飛びこむと、給湯器のスイッチが入っていて、浴槽に半分ほどの湯が煮えくりかえっている。

原因は父で、風呂を焚きっぱなしにしたまま、二階で寝ていたのである。

もっとも安全なはずのわが家に、さまざまな危険がひそんでいるのは皮肉だが、年間六千人という数字を見なければ、それほど事故が起きているとは思えないだろう。

数字というものは視点が変われば、ちがう結果に見える。

その好例として、有名なクイズを紹介する。


若い女の子が三人、ある旅館に泊まることになった。

宿泊費はひとり一万円だったので、三人は仲居にそれぞれ一万円を渡した。

仲居が三万円を帳場へ持っていくと、

「まだ若い子ばかりだから、安くしてあげましょう」

女将はそういって、五千円を仲居に渡した。

仲居は五千円を持って、女の子たちの部屋へむかったが、

「三人で五千円だと割り切れないから、かえすのが面倒だわ」

途中で悪知恵を働かせて、二千円を自分の懐に入れた。つまりネコババである。

仲居はなに喰わぬ顔で、女の子たちに三千円をかえした。

女の子たちは喜んで、ひとり千円ずつをわけあった。

「ひとり九千円で泊まれるなんて、うれしい」

と女の子のひとりはいった。当然ながら、九千円の三人ぶんは二万七千円である。

仲居がネコババした金は二千円。

合計で二万九千円になるが、残りの千円はどこへ消えたのか。

怖い怪談

去年まで専門学校の非常勤講師をしていた関係で、夏には学生たちとキャンプにいくのが習慣だった。キャンプとなると、わたしは例年カレー係だった。

昼前に目的地に着くなり食材を仕込んで、陽が暮れるまで鍋の前を動かない。といって、強いられているわけではないし、毒物が混入するのを警戒しているわけでもない。料理が好きだからそうするのだが、夜になると、もうひとつ役目がある。

外で遊び飽きた学生たちを相手に、怪談を語るのである。

もともとは夜更けに騒ぎすぎる学生を鎮めるのが目的だったが、もの書きがなりわいになってからは、彼らの話を聞きたいという意図もある。

先に述べたとおり、わたしは小説のほかに実話怪談を書いている。実話怪談とは、すなわち取材にもとづく怪談で、怪異を見聞したひとびとから話を聞く。

この手の本を書くにあたって、もっとも苦労するのはネタ集めである。

はじめは自身の乏しい体験や身のまわりで聞いた話でお茶を濁していたが、何年も書いていると、それでは追いつかない。あらたなネタを取材する必要がでてくる。

「なにか怖い話はないですか」

四十もなかばをすぎて、そんな台詞を吐くこと自体が怪異に近いが、口を糊《のり》するためには、やむを得ない。乏しいつてを頼っては、あちこちへ取材におもむく。

けれども怪異の体験者など、そうそういるものではない。また首尾よくそういう人物にめぐり逢えても、こちらが求めているものとは内容が異なる場合も多い。

夜中に金縛りに遭って、枕元に見知らぬ老婆がいた。

体験者にとってはそれだけでも充分に怖いだろうが、読者は怖がってくれない。怖い怪談を蒐集するのは、つくづくむずかしい作業である。

何年か前に、いつも取材に協力してくれる親友の紹介で、ある男性に逢った。

親友が酒席でそれとなくあたってみたところ、

「そういう話なら、いくらでもあります」

と、その人物は胸を張ったという。

これはひさしぶりの大漁かもしれない。わたしは一席設けて、その男性をうやうやしく出迎えた。なごやかな歓談のうちに酒も進んで、いよいよ本題に入った。

「――で、その学校の校庭に大きな石がありまして」

すかさずテープレコーダーをまわして固唾《かたず》を呑んだ。

「夜になると、その石のまわりを馬に乗った落武者が走るというんです」

「ほう、それで――」

「それだけです」

こういう経験には慣れているが、全身の力が抜けるのはたしかである。

そこで学生たちとのキャンプにも、取材という下心が芽生えてくるのである。しかしこちらも期待は禁物で、ネタになりそうな話はめったに聞けない。


学生たちとのキャンプは一昨年が最後だったが、結果はさんざんだった。

ケチのつきはじめはカレーで、わたしが精魂こめて作ったにもかかわらず、元教え子である講師がディスカウントストアで買ってきた米というのが、すさまじい代物だった。江戸時代に精米したような超古々米で、米粒がことごとく割れている。その味たるや、米の風味はいっさいなく、ふやけた障子紙を嚙んでいるような歯ごたえだった。飯のまずいカレーは、シャブ中の亭主を持った美女のようなもので、なんともやるせない。

カレーのことはなるべく考えないようにして、学生から怪談を聞く機会を窺《うかが》った。

しかし夜が更けても、学生たちは野外の遊びに夢中で、ロッジに居着かない。

「ぼちぼち怖い話でもするか」

と水をむけても、女の子たちは知らん顔をする。わずかに興味を示したのは、ひまを持てあましていた数人の男子生徒だけだった。

仕方なく、ごく少人数で話をはじめたが、みな聞き役ばかりで怪談を知っている者がひとりもいない。あわよくばネタを仕入れたいという望みが消えて落胆したが、かくなるうえは学生たちを徹底的に怖がらせてやろうと思いなおした。

蠟燭一本の明かりのなか、わたしは一龍斎貞水もかくやという面持ちで、思いつくままに怪談を語りだした。

けれども、こちらが期待したような反応がない。これではもの書きの面目がないと、次から次へと持ちネタを繰りだすが、学生たちは静まりかえったままである。そのうちに疲労のせいか、軀のあちこちがチクチクと痛みだした。おかげで、いっこうに調子がでない。

一同は盛りあがりを欠いたまま、空が白む頃に解散した。学生たちが去ったロッジでひとり寝転んでいると、軀の痛みはますます烈しくなった。

チクリ、チクリ、と刺すような痛みに一睡もできず、朝になった。

締切に追われていたわたしは、大急ぎでキャンプ場をあとにしたが、家に着いたあたりから、あちこちが猛烈に痒《かゆ》くなってきた。

不審に思って服を脱いだとたん、ぞッとした。

手といわず足といわず、疫病にでも罹ったような赤い斑点が、ぽつぽつと浮きでている。ざっと見積っても、まがまがしい斑点は百近くある。

そのとき、チクリとした痛みの原因がわかった。

怪談こそ盛りあがらなかったものの、やはり怪異は起きていた。

あのロッジには、学生のほかにも、たくさんの聴衆がいたのである。彼らは怪談にも怖《お》じることなく、わたしの血をむさぼっていた。

わたしは怪談を語りながら、延々とノミに喰われていたのである。

ノミに喰われた痕は、一年以上経ったいまも残っている。それはともかく、学生たちが怪談のひとつも知らないのはさびしい限りである。

若いだけに、そういう体験をする機会が乏しいのもあろうが、わたしの世代とは怖さの基準がずれている気もする。たとえば最近も、ある女生徒から、ものすごく怖いという前振りで、こんな話を聞かされた。


五月の連休に、女子大生ふたりが沖縄へ旅行にいった。

旅行中のある夜、彼女たちは宿泊先のホテルに近い繁華街を歩いていた。その通りはナンパの名所で、若い男が頻繁に声をかけてくる。けれども、それが目的で歩いているわけではないし、好みのタイプもいない。

ふたりの女子大生は、男の誘いを適当にあしらいながら、通りを抜けた。

とたんに、またしても声をかけられた。

男はふたり連れで、ひっそりと暗がりに立っている。

ナンパしてくるわりには、妙におとなしいのが気になった。あらためて顔を見ると、どちらもかなりの男前で、つい誘いに乗った。

しばらく立ち話をしていたが、女たちの提案で花火をすることになった。四人はコンビニで花火と酒を買いこんで、近くの海岸へいった。

花火をしながら酒を呑んでいると、酔いもまわって盛りあがってきた。

「イッキ、イッキ」

調子に乗って一気呑みもはじまったが、その最中に女の子のひとりが突然泣きだした。わけを訊いても答えず、おびえたように泣きじゃくっている。

あまりの取り乱しかたに、もうひとりの女の子は心配になって、

「ごめん。彼女の具合が悪いみたいだから、もう帰るね」

しぶしぶ男たちに別れを告げて、ふたりはホテルにもどった。

「せっかく楽しかったのに、いったいどうしたのよ」

あいかわらず泣いている女の子に文句をいうと、

「まだ、気がついてないの」

彼女は泣き腫らした顔をあげた。

「気がつくって、なにが」

「海岸で一気呑みをしているときに、あのひとたちの手を見たら――」

イッキ、イッキ、と男たちは手拍子を打っている。しかし、その手がおかしい。

ふたりとも手首から先が、だらんとさがっていた。

「あのひとたち、人間じゃない。だから、ふつうに手が叩けないのよ」

それに気づいてから、逃げたい一心で泣いていたという。


この話を聞いた瞬間、わたしは大笑いした。

馬鹿にしたわけではなく、一本とられたという笑いである。わたしが怖い話はないかとうるさいので、からかったのだろう。

てっきりそう思ったが、話をしてくれた女生徒は笑っていない。

「なにがおかしいんですか。めちゃくちゃ怖いじゃないですか」

ねえ、と隣の同級生と顔を見あわせている。

わたしは信じられない思いで眼をしばたたいた。念のために書いておくと、男たちの手首から先がさがっていたというのは、つまり古典的な幽霊の手つきである。

いまどき、そんな幽霊など子どもむけの本にもでてこないし、そんな手つきしかできないのに手拍子をしているのも滑稽である。

けれども、眼の前のふたりは真剣な顔で怖がっている。

つくづく感覚の相違を感じたが、ひとをあげつらってばかりはいられない。なにを怖いと感じるかは、ひとそれぞれである。わたしが怖いと思う話でも、読者もそうとは限らない。地味なネタが多いせいで、刺激を求める読者から不興を買うのもしばしばである。

とはいえ「怖い怪談」と銘打ったからには、いわゆる実話怪談も読んでいただく必要があるだろう。次章では、一昨年から昨年にかけて取材した話を書いてみたい。

怖い怪談【その2】

これから紹介する五つの話のうち、「予言」のほかは昨年「小説すばる」誌の怪談特集に書いたものである。怖いというよりは不思議な話もあるが、奇妙な読後感もまた怪談の味ということでご容赦願いたい。

来客

自営業のAさんの話である。

十五年ほど前、彼の友人にMさんという男性がいた。

Mさんはバンドのボーカルだったが、スランプをきっかけに精神的な病になった。もっとも、はた目には症状は軽く、Aさんとしょっちゅう呑みにいっては軽口を叩いていた。

その夜も遅い時間にMさんから電話があって、他愛のない世間話をした。

ところが翌朝、Mさんが自宅で首を吊ったと友人から連絡があった。警察によれば、Mさんが自殺したのは、Aさんと電話で話した二時間後だったという。

Aさんは、あれがお別れの電話かと思ったが、それにしてはなんの気配もなかった。

何日か経って、Mさんとよく通ったバーへ呑みにいった。

話題は自然とMさんのことになったが、従業員は暗い顔で、

「実は亡くなる直前に、ここへきてたんですよ」

何時頃かと訊くと、Aさんと電話で話したあとだった。

Mさんはポーランド産の強いウォッカを立て続けに三杯も呑んで、まもなく店をでたという。どうやら酔った勢いで自殺を図ろうとしたらしい。

その夜は、Mさんの思い出を語りつつ、明け方まで呑んだ。

Aさんが自宅へ帰ると、奥さんが険しい顔で玄関にでてきた。

「こんな時間まで、いったいどこで――」

と奥さんは口を尖らせたが、不意に表情をゆるめて、

「あら、いらっしゃいませ」

と頭をさげた。Aさんは眼をしばたたいて、

「――どうしたの」

帰りが遅いのに怒って、わざと他人行儀にしているのかと思った。

しかし奥さんは真顔で、なおも頭をさげる。

「いいから、お友だちも入ってください」

「なにをいってるの」

Aさんが首をかしげたとき、

「ちょっと待っときッ」

奥さんが叫んで、キッチンへ駆けこんだ。奥さんはすぐにもどってきて、豆まきでもするような格好で、Aさんめがけて白い粉を投げつけた。

それは、調理用の粗塩だった。

Aさんが肝を潰していると、奥さんは太い息を吐いて、

「――やっとおらんようになった」

「なにがおらんようになったの」

「誰か知らんけど、あのひとによう似たひとよ」

と奥さんは、ある有名人の名前を口にした。

とたんに、ぞくりと鳥肌がたった。

その有名人は、亡くなったMさんにそっくりだった。けれども奥さんはMさんと面識

はないし、ふだんは妙なものを見たりもしない。

その日、Mさんが夢にでてきて、Aさんはひどく魘されたという。


Mさんの話がもうひとつある。

Aさんの知りあいに、Bさんという女性がいて、彼女もMさんと親しかった。

その夜、Bさんは女性の友人とふたりで歩いていた。

ふと、Mさんが住んでいるマンションの前を通りかかった。

「Mさんの家、あそこやろ」

とBさんはマンションの一室を指さした。その部屋には、ぼんやりと明かりが灯っていた。

しかし考えてみれば、友人はMさんとつきあいがない。

まもなくべつの話題に移ったつもりだったが、

「ちょっと待ってよ」

友人の鋭い声で、われにかえった。

「なんで急にそんな話をするの。あたしはMさんなんて知らんのに――」

と友人は眉をひそめた。

彼女によれば、Mさんについて、どうでもいいようなことを、べらべらと喋り続けていたという。

しかしBさんには、まったくそんな記憶はなかった。

後日、Mさんが首を吊ったと聞いて、Bさんは驚いた。

Mさんが亡くなったのは、Bさんたちがマンションの前を通りかかった時刻だという。

居酒屋の仏

わたしの話である。

怪談の範疇《はんちゅう》には入らないかもしれないが、ふと思いだしたので書いてみたい。

わたしは二十代の一時期、東京で友人のアパートを転々としていた。つまり居候であるが、仕事も転々としたあげく、日雇いの肉体労働で糊口をしのいでいた。

ある夜、行きつけの居酒屋でひとり呑んでいると、見知らぬ客が話しかけてきた。

上品な身なりの中年男で、場末の店には不釣りあいな感じがした。

男は隣に席を移ってくると、

「いま、なんの仕事をしてるの」

「どこに住んでるの」

わたしの身の上について、根掘り葉掘り訊く。

といって厭味な印象はなく、こちらの話には熱心に耳を傾ける。

ひまだったから、しばらく相手をしたが、だいぶ呑んだせいで懐が心配になってきた。

席を立とうとすると、男は自分がおごるといいだした。

しかし初対面の人物に甘えるのも気がひけるし、やけに馴れ馴れしいのが不気味でもあった。

男の申し出をやんわり断って、勘定をすませた。

ところが店をでて歩きだすと、男はあとを追ってきて、

「もう一軒いこう。次こそ、ぼくがおごるよ」

べつに怪しい者じゃないから、と名刺を差しだした。

名刺には中小企業らしい会社名と、代表取締役の肩書があった。

ふと、そっちの趣味があるのかと警戒したが、いつも餓え渇いていた頃だから、呑みたいのはやまやまだった。いざとなったら逃げればいい。そう思って、男の誘いに乗った。

男に連れていかれたのは、ふだんは縁のない、こぎれいな料理屋だった。そこでどんな会話をしたのか記憶にないが、酔ったはずみで、そのあと何軒かはしごをした。

むろん勘定はすべて男が持った。なにか代償を要求されるのではないかと不安だった

が、男はタクシーを呼んで、もといた場所まで送り届けてくれた。

「また呑もうよ」

男の屈託のない笑顔に、いままで猜疑心《さいぎしん》を抱いていたのを恥じた。

大仰にいえば、仏に逢ったような心地がした。


翌日、あらためて礼をいおうと、名刺を片手に電話した。

会社の番号だから、てっきり社員がでるかと思ったら、

「――はい」

男が無愛想な声でいったきり、会社名も口にしない。

狼狽しつつ名刺にあった名前をいうと、

「そんな奴はおらん」

しかしその声は、あきらかに昨夜の男の声だった。

「あの、ゆうべはたくさんご馳走になりまして――」

といいかけたとき、乱暴に受話器を置く音がして、電話は切れた。

後日、行きつけの居酒屋で男の素性を訊くと、一見の客で、あれきり顔を見ないという。いまだに感謝はしているが、なにかを試されたような気もする。

予言

マッサージ店を経営するOさんの話である。

開業してまもない頃、Oさんは不思議な夢を見た。薄暗い空を背景に、めらめらと炎があがっている。それだけの夢で、最初はさして気にとめなかった。

けれども連日のように、おなじ夢を見る。

正夢とは思えないが、万一火事にでもなったら事だと、Oさんは家族に火の用心をするよう伝えた。幸い火事は起きなかったが、夢と並行して妙なことが気になりはじめた。

「森羅万象って言葉があるでしょう。あれが、やたらと眼につくんです」

テレビを観ても、本を読んでも、なぜか森羅万象の文字が眼に飛びこんでくる。

電車のむかいに坐った男が広げた新聞にも森羅万象の文字があるし、街角ですれちがったカップルの会話から、森羅万象と聞こえたりする。

日常的な言葉ではないのに、どうしてこれほど見聞きするのか。

訝《いぶか》しく思うと同時に、森羅万象とは、そもそもどういう意味だったかと考えた。インターネットで調べてみると、宇宙に存在するいっさいのものごと、と書いてある。

一応は納得したが、なんとなくほかの検索結果も眺めていた。すると森羅万象は、すべて大日如来の智慧《ちえ》が創りだしたと書かれていた。

「ぼくの干支《えと》は未《ひつじ》なんですが、大日如来はその守り本尊なんだそうです」

そこで今度は、大日如来について調べてみた。その結果、大日如来は宇宙の実相をあらわす根本仏で、日本では弘法大師、すなわち空海がその教えを広めたとある。

「そのへんで、もうやめようかと思ったんですけど――」

自分の名前の一文字は、弘法大師にあやかったと父親がいっていたのを思いだした。なおも検索を続けると、中国で密教を学んで帰国した弘法大師が最初に参拝したのはM大社だとあった。M大社といえば、父の実家から歩いていける距離である。

しかもM大社のすぐそばには、弘法大師が建立した真言宗最古のC寺があるという。その寺には、弘法大師の作と伝えられる不動明王像があるとも書かれていた。

「近所なのに、そんなお寺があるなんて、全然知らなかったです」

そこでインターネットの検索はやめたが、その夜も、夢のなかに炎がでてきた。

しかし、いつもと様子がちがう。炎のむこうに人影らしきものが見える。じっと眼を凝らしていると、ようやくなにかわかった。

それは、不動明王の像だった。

夢はそこで終わり、Oさんは深夜に眼を覚ました。炎に続いて不動明王とはますます不可解だが、昼間に調べものをしたせいで、そんな夢を見たのだろうと解釈した。

その夜を境に、炎の夢を見なくなった。

不動明王の像も、あれっきりでてこない。むろんそれでかまわないが、急に炎の夢がおさまったのに、ひっかかりを感じた。

あれこれ考えていると、荒唐無稽な発想が湧いた。C寺にあるという弘法大師作の不動明王像は、自分が夢で見たのとおなじものではないか。

けれども、そんな偶然があるはずがないし、万一あったとしても、なんの意味もない。

そう自分にいい聞かせたが、思いつきを確かめたい気持は日増しに強くなった。

ある日、Oさんは父親の実家へいくついでに、C寺を訪ねた。

しかし不動明王像は、年に一度の護摩供《ごまく》のときしか一般に公開していないという。Oさんは落胆したが、すぐに帰るのも気がひけて、境内を散策した。

途中で喉が渇いたので、湧き水らしい水を呑んだ。ひと息ついて顔をあげると、夢で見たのとまったくおなじ不動明王像が立っていた。

弘法大師の作という像とは別物だが、やはり正夢だったと驚いた。しかし前もって考えていたとおり、正夢だったからといって、なにがあるわけでもない。

とりあえず思いつきを確かめたことで満足して、Oさんは寺をあとにした。

翌日、初老の女性がOさんのマッサージ店にきた。

はじめての客なのでカルテを書いてもらうと、彼女の住所は、先日訪れたC寺のすぐそばだった。Oさんの店からはかなりの距離で、そんな遠方から客がくるのは珍しい。

それとなく訊けば、買物の途中で看板を見て立ち寄ったという。

「このあいだ、お宅の近くにいったばかりなんですよ」

とOさんはいったが、はじめての客に妙な話をするわけにもいかず、それ以上は口にしなかった。その女性客は、Bさんという名前だった。

数日後、Bさんから店に電話があって、家まで出張してくれないかという。遠いのは難儀だが、開業してまもないだけに売上げが欲しかった。

Oさんは承諾して、Bさんの家へむかった。

カルテに書かれた住所を訪ねると、彼女は古い一軒家に住んでいた。

その家に入ったとたん、Oさんは首をかしげた。

室内の至るところに、仏像や仏具が置かれている。わけを訊くと、Bさんはそれが本職ではないが、ときおり頼まれてお祓いをするという。

「そういうひとなら、不思議系もオッケーかなと思ったんです」

Oさんはマッサージをしながら、先日の体験を口にした。

しかしBさんは、さして興味を示さず、淡々と相槌を打つだけだった。

Oさんとしても特になにかを期待していたわけではなく、単に世間話のつもりだったから、それで問題はなかった。

その日はふだんどおり仕事を終えたが、なにが気にいったのか、Bさんからはそれ以降も出張の注文がくるようになった。


ある日、Bさんに呼ばれて家へいくと、見知らぬ老人が一緒にいた。

Bさんは、きょうは自分ではなくて、このひとを揉んで欲しいといった。老人は以前から足が悪くて、毎日のように烈しく痛むらしい。杖なしでは、まともに歩けないと聞いて、

「そんな重症なら、病院へいったほうがいいといったんですが――」

Bさんによれば、老人の病気は病院では治らなかったという。

マッサージでも効果がないように思えて、不安になっていたら、

「揉んでるあいだに、なんか見えたら教えて」

とBさんが妙なことをいいだした。

「なんか見えたらって、どういうことですか」

「なんでもええんよ。頭に浮かんだものをいうてくれたら」

Oさんはあわてて、自分にはそういう能力はないとかぶりを振った。

しかしBさんは、とにかくやってくれの一点張りである。

仕方なく老人の軀を揉みはじめると、意外にも、あるイメージが脳裏をよぎった。

「着物姿の子どもが母親みたいなひとと、祠《ほこら》を拝んでいるんです」

マッサージが終わると、Bさんがなにが見えたかと訊いた。

「たぶん、気のせいだと思いますけど」

Oさんはそう前おきして、自分が見たものを告げた。

すると、それまで寡黙だった老人が、うーん、と唸《うな》った。

老人は、しばらくなにかを考えている様子だったが、ふと口を開いて、

「その子どもは、おれやないかな」

幼い頃、母親と一緒に、海辺にある祠を拝んでいた記憶があるという。

思わぬ展開にとまどっていると、

「よし。ここまでわかったら、なんとかなる」

Bさんが納得したようにうなずいた。


何日か経って、Bさんから出張の注文があった。

自宅へいくと、また先日の足が悪い老人がいる。

きょうも彼を揉むのかと思ったら、マッサージはしなくていいという。

「いまから一緒にいって欲しいところがあるんよ」

Bさんはそういって、Kという海沿いの地名を口にした。理由を訊いても答えず、いけばわかると繰りかえす。

Oさんは鼻白んだが、機嫌を損ねたくなくて、しぶしぶ承諾した。

Bさんは家をでる前に白装束に着替えて、祈禱師のようないでたちになった。

「それを見て腰がひけたんですけど、断れる雰囲気じゃなかったです」

Oさんが運転する車で目的地に着くと、そこは松林のある海岸だった。OさんとBさんは、足元のおぼつかない老人をかばうようにして、松林に入った。

松林のなかには細い石段があって、海を望む断崖に続いている。

断崖のてっぺんに、仏壇ほどの大きさの古びた祠があった。

「ああ、これやこれや」

老人は幼い頃、母親と一緒にこの祠を拝んでいたという。

しかしOさんの頭に浮かんだ祠と、おなじものかどうかはわからなかった。

Bさんは榊や酒を祠に供えると、甲高い声で祈りはじめた。

なにかに憑かれたような彼女の形相に、Oさんはたじろいだ。

「もうついていけないっていうか、はっきりいってドン引きでした」

祈りの声はしだいに高まって、喉を嗄《か》らすような叫びになった。

それが最高潮に達したとき、

「やあーッ」

とBさんが絶叫した。

その瞬間、ががらと音をたてて、祠が崩れ落ちた。

「ずいぶん古いものでしたけど、触ってもいないのに、ふつうは崩れないでしょう」

信じられない光景に呆然としていると、さらに信じられないことが起きた。

「足がようなった」

老人が杖を投げだして叫んでいる。

祠が崩れたとたんに足の痛みが消えて、ふつうに歩けるようになったという。

Bさんは、老人の足が悪くなったのは、この祠が原因だといった。

祠はもともと龍神様を祀っていたが、長い年月のあいだになにかが憑いて、拝む者に禍《わざわ》いをもたらすようになったという。

帰り際、老人は先頭に立って石段をくだった。きたときとは別人のように足どりが軽い。

Bさんはそれを見つめながら、Oさんの耳に口を寄せて、

「これで、なんとか足は治ったけど――」

「けど、なんですか」

首をかしげていると、Bさんは一段と声をひそめて、

「あのひとの寿命は、あと三年」

Oさんは、彼女の予言が的中しないことを祈っているという。

天使の輪

フリーターのSさんの話である。

彼が小学校一年生の頃、魚屋を営んでいた叔父さんが亡くなった。叔父さんは気さくな人物で、Sさんが遊びにいくと、いつも商店街のはずれまで見送りにきてくれた。

葬儀が終わった数日後、Sさんは両親に連れられて、叔父さんの家を訪れた。

従兄弟《いとこ》と遊んだり、食事をしたりするうちに、夜も更けてきた。

そろそろ帰ろうと、両親と一緒に玄関をでたとき、屋根の上に奇妙なものが浮かんでいた。

それはドーナツ状の物体で、白く光りながら、くるくるとまわっている。

「あれは天使の輪や」

Sさんは子ども心にそう思った。

三人が歩きだすと、ドーナツ状の物体はふわふわとあとをついてくる。

両親は訝しげに首をかしげたが、べつに危害もなさそうだったので、そのまま足を進めた。

やがて商店街の端までくると、ドーナツ状の物体は空中で静止した。

Sさんは、それを何度も振りかえりながら歩いた。

きっと叔父さんが天使になって、見送ってくれているのだと思ったという。

Kさんからの手紙

飲食店を経営するNさんの話である。

彼女は十八歳の頃、Mさんという中小企業の社長とつきあっていた。

Mさんは四十なかばで妻子がいる。つまり不倫であるが、彼はNさんのほかに、スナックのママとも長年関係があった。

Nさんもそれを承知の交際で、ママと本妻もNさんの存在を知っていた。

三角ならぬ四角関係では将来の展望はないが、Nさんも若かったせいで、先のことなど考えていなかった。ただMさんの人柄に惹かれて、交際を続けていた。

Nさんは当時、Mさんが彼女の名義で購入したマンションに住んでいた。Mさんは生活費の面倒をみようとするが、そこまで依存するのは厭だった。

Nさんは高校時代から続けていたガソリンスタンドのバイトで、自分の生活費を捻出した。

そのバイトの先輩に、Kさんという二十代なかばの男性がいた。

Kさんは自分で商売をするのが夢で、昼間は工事現場で働き、夕方からガソリンスタンドでバイトをしている。Nさんとは高校生の頃からの顔なじみで、食事をおごってくれたり、遊びに連れていってくれたりした。

Kさんは、Nさんの不倫を知って、しょっちゅう説教をした。

「おまえはまだ若いんや。もうちょっとまともな奴とつきあえ」

「誰とつきあおうと、あたしの勝手やろ」

Nさんは聞く耳を持たなかったが、自分を気遣ってくれるのはうれしかった。

八月のある日のことだった。

「たいがいで眼を覚ませ。いつまでMさんとつきおうとるんや」

Kさんが出勤してくるなり、烈しい口調でいう。

はじめは適当に受け流していたものの、Kさんはいつになく執拗だった。

「もういいったら、あたしのことはほっといて」

Nさんが辟易《へきえき》していうと、

「とにかく、あいつと別れろッ」

すさまじい剣幕で怒鳴る。Nさんも逆上して、大喧嘩になった。

夜になってマンションへ帰ると、Kさんから携帯に電話があった。

「すまん。さっきはいいすぎた」

Nさんも、つい感情的になったのを詫びた。

「あしたは午前中で仕事が終わりやから、昼飯でも喰おうや」

翌日はバイトが休みだったので、Nさんは承知した。


翌日、Nさんは約束の時間に電話をかけた。

しかしKさんの携帯は電源を切っているらしく、何度かけてもつながらない。

「自分からいいだしといて、どういうこと」

頭にきて、Kさんの同僚に電話すると、

「あいつは、さっき死んだぞ」

その同僚は、バイト先のスタンドによく遊びにきていたので、Nさんとも親しい。いつも冗談ばかりいう人物だから、そのときもそうだと思った。

「もう嘘はいいから、Kさんとかわって」

「嘘やと思うなら、こっちへこいやッ」

同僚のうわずった声に、ようやく不安が湧いた。

半信半疑でKさんの勤務先へいくと、もう大勢のひとが集まっていた。

Kさんの死因は、工事現場の落石だった。

事故の直前、Kさんはパワーショベルのそばで作業をしていた。

そこへ突然、崖の上から巨大な岩が落ちてきた。Kさんは逃げようとしたがまにあわず、岩とパワーショベルの車体にはさまって、軀を押し潰されたという。

突然の訃報にNさんは呆然とした。

通夜の席でも、まだKさんの死が信じられなかった。

「あんた、Nさんやろ」

ふと、Kさんの母親に声をかけられた。

「これをあんたに渡すよう、息子に頼まれたんよ」

母親はそういって、事務用の大きな封筒を差しだした。

なかを覗くと、手紙らしい便箋とCDが一枚入っていた。Nさんは眼をしばたたいて、

「なんでKさんは、これを――」

「あたしもわからん。おとといの晩、Nさんちゅう女の子がきたら、これを渡してくれ

といわれただけやから」

おとといの晩といえば、Mさんのことで大喧嘩をしたあとである。

次の日は逢うはずだったのだから、渡したいものがあったのなら、直接くれればいい。自分とは面識のない母親に、言づけを頼むのも変だった。

あるいは、自分が死ぬことを知っていたのか。

そんな想像もよぎったが、自殺ならともかく、Kさんの死はあくまで事故である。昼には食事をする約束もしていたのに、死を予期していたとは思えない。


Kさんの葬儀のあと、Nさんはバイトを休んでマンションにこもっていた。

高校生の頃からかわいがってもらっただけに、Kさんの死はやりきれなかった。生活に干渉されるのはわずらわしかったが、それも自分を心配してのことである。

電話では仲なおりしたものの、最後に逢ったときが大喧嘩だったのも悔やまれた。

Kさんの母親からもらった手紙とCDは、封筒に入れたまま手をつけていない。手紙になにが書いてあるのか読むのが怖かったし、CDもいまの心境では聞く気がしなかった。

放心状態のまま、葬儀から三日が経った。

Nさんと愛人関係にあるMさんは、ふだんなら二日に一度はマンションへ顔をだすが、なぜか音沙汰がない。おおかたスナックのママのところにいるのだろうと思っていた。

その日は、深夜になっても蒸し暑かった。

リビングでテレビを観ていたら、かさかさと背後で音がした。

エアコンの風のせいか、テーブルの上で古新聞がめくれている。

なにげなく眼をやると、Kさんの事故を報じる記事が開いていた。

Nさんは憂鬱な気分になって、新聞を閉じた。

けれども何分と経たないうちに、また新聞がかさかさとめくれだした。さっきとおなじくKさんの記事が開いて、新聞の動きは止まった。

エアコンに手をやると、新聞がめくれるような風向きではない。Nさんは首をかしげつつ、新聞を閉じて、テレビのリモコンで重しをした。

ところが、しばらくしてテーブルを見ると、またKさんの記事が開いている。テレビのリモコンは、いつのまにか床に落ちていた。

ひとりでいるのが、不意に怖くなった。

Mさんの携帯に電話したが、留守電になっている。すぐに電話をくれるよう吹きこんだが、いっこうにかかってこない。

Nさんは、ほとんど眠れないまま夜をすごした。

しかし朝になっても、Mさんの携帯はつながらない。

辛抱できずに、Mさんの会社へ電話した。ふたりの関係を知っているMさんの部下につないでもらうと、けさはまだ出勤していないし、連絡もないという。

妙な胸騒ぎがして、なにも手につかないでいると、Mさんの部下から電話があった。スナックのママの部屋で、Mさんが亡くなっていたという。死因は心筋梗塞だった。亡くなったのは昨夜とおぼしいが、ママは自分の店へいって留守だった。ママは明け方に帰宅して、Mさんの異常に気づいて救急車を呼んだ。しかしその時点で、息はなかったらしい。

Kさんに続いてMさんまで急死したとあって、Nさんは取り乱した。

食事も睡眠もとらず、延々と泣き続けて、葬儀がはじまる頃には憔悴《しょうすい》しきっていた。

葬儀の日、Nさんは立場が立場だけに、一般の参列者にまじって焼香をした。

しかし事情を知るMさんの妻や親族からは、尖った視線をむけられる。出棺は離れたところで見送ったが、火葬場へはいかせてもらえそうにない。

肩身のせまい思いで斎場をあとにしたとき、スナックのママに声をかけられた。

この女の部屋でMさんが亡くなったと思うと憎らしかったが、彼女もげっそりとやつれていた。

「あなたも大変ね――」

ママは力なく微笑して、バッグから見覚えのある封筒を取りだした。

「これ、あなたのでしょう」

Nさんは驚いて、封筒をひったくった。

封筒の中身は、思ったとおりKさんの母親から手渡された手紙とCDだった。

「どうして、これを持ってるの」

「どうしてって、あのひとが持ってたから。あなたが渡したんじゃないの」

Nさんは、かぶりを振った。

一瞬、自分が寝ているあいだに、Mさんが持っていったのかと思った。

しかしドアにはいつもチェーンをかけているし、わざわざ部屋にきたのなら、ひとことくらい声をかけるはずだ。どうして封筒がMさんの手元にあるのか、さっぱりわからなかった。

ママによれば、MさんはKさんの手紙を熱心に読んでいたらしい。

「それからCDをかけてね、ええ曲やのうっていってたの」

ママはそれからまもなく出勤したが、明け方に帰ってくると、Mさんはソファにかけたまま冷たくなっていた。

その手には、Kさんの手紙が握られていたという。

後日、Nさんは恐る恐る手紙を開いてみた。
けれども誰かが水でもこぼしたのか、インクがにじんでまったく読めなかった。
CDはちゃんと聞けたが、ここに曲名を書くのは憚《はばか》られる。
イニシャルのみ記しておくと、Fというミュージシャンの「A・O」という曲である。
Nさんは、いまでもその曲を聞くと、胸が潰れそうになるという。

〈著者紹介〉
福澤徹三　1962年、福岡県生まれ。デザイナー、コピーライター、専門学校講師を経て、2000年に『再生ボタン』(幻冬舎文庫)でデビュー。08年、『すじぼり』(角川書店)で第10回大藪春彦賞を受賞。著書に『アンデッド』(角川ホラー文庫)、『死小説』(幻冬舎文庫)、『自分に適した仕事がないと思ったら読む本　落ちこぼれの就職・転職術』(幻冬舎新書)ほか多数。

この作品は、Webマガジン幻冬舎(2007年4月15日号から2008年3月1日号)で連載された「まんじゅう怖い!」を大幅に加筆・修正し、改題したものです。

怖い話
2009年2月10日　第1刷発行

著　者　福澤徹三
発行者　見城　徹

GENTOSHA

発行所　株式会社 幻冬舎
〒151-0051 東京都渋谷区千駄ヶ谷4-9-7

電話:03(5411)6211(編集)
03(5411)6222(営業)
振替:00120-8-767643
印刷・製本所:株式会社 光邦

検印廃止

ISBN978-4-344-01621-7 C0095
幻冬舎ホームページアドレス　http://www.gentosha.co.jp/

この本に関するご意見・ご感想をメールでお寄せいただく場合は、
comment@gentosha.co.jpまで。